KB167088

시선이
기준이 되지 않도록

부러움을 받으면

행복해지는 줄

착각했던 당신에게

시선이 기준이 되지 않도록

유현 지음

홍익피앤씨

시작
—— 하면서

오랜 시간 울타리에 묶여 있던 송아지는 밧줄을 풀어줘도 그 자리에 서 있게 된다고 한다. 발을 묶고 있던 줄이 사라졌다는 걸 모르는 것이다. 어릴 때 나도 송아지와 같았다. 스스로 정한 기대에 나를 묶었다. 뚜렷한 목표가 있어서가 아니었다. 낮은 자존감을 달래기 위해 남들의 부러움이 필요했고 그냥 지는 게 싫었다.

열심히 공부해 1등이 되었고, 초라한 마음은 숨겼지만 가끔은 혼자 울기도 했다. 가면 속의 내가 외로웠기 때문이다. 사실은 엉뚱하고 감성적인 아이, 울타리 밖 세상이 궁금한 호기심 많은 아이였지만 그 시절 '나다움'을 생각할 여유는 없었다.

성인이 되기까지 그렇게 '더 높이'만을 바라며 살아 온 내게 자유를 그리게 한 건 '사랑'이었다. 대단한 사람이 아니라도 사랑받을 수 있다는 걸 배웠고, 더 높은 사람이 되지 않아도 더 행복한 사람이 될 수 있다는 걸 알았다. 눈물 콧물 짜며 매달린 날도, 핏대를 세우며 싸운 날도 없는 건 아니지만 사랑은 나 자신을 사랑하는 법을 가르쳐 주었다.

"나다운 게 무엇인지 고민하고 깨달으며, 사람들의 시선 속에 갇히지 않는 것."

이것이 바로 사랑이 남기고 간 선물이었다.

마음이 말랑말랑해지니 보이지 않던 것들이 눈에 들어오기 시작했다. 당연하다고 믿었던 일들이 그저 내 생각이 만들어 낸 허구라는 걸 느꼈다. 타인의 시선에 얽매이지 말아야겠다는 깨달음은 내 시선으로 타인을 규정짓지 말아야겠다는 다짐으로 이어졌다.

허구 속에 있을 때는 아무것도 아닌 일에 쓸데없는 상처를 받았었다. 괜찮은 척을 하느라 어떤 날은 어금니를 꽉 깨물었다. 그러면서 내 생각이 정답인 양 사람들을 평가했다. 괜한 오지랖을

부리면서 이해한다고 착각했고, 쓸데없는 간섭과 진짜 위로를 구분하지 못했다.

하지만 달라지고 싶었다. 좀 더 성숙한 어른이 되고 싶다는 생각을 했다. 그리고 나는 넓은 세상으로의 여행을 통해 한걸음씩 어른이 되어 갔다.

'세상에 이렇게 아름다운 곳들이 많았구나.'

성공이라는 게 무엇일까를 다시 생각했다. 누가 더 높이 쌓나 하는 대회는 이제 그만두고 더 많은 걸 보고 느끼고 싶어졌다. 이 세상에 100년짜리 여행을 온 듯이 누비고 싶었다. 그리고 '난 못해' '지금이 정답이야'라고 믿었던 울타리를 넘어설 용기가 생겼다.

그럼에도 혼자만의 생각에 사로잡혀 다시 가면 속에 숨는 버릇은 불쑥 튀어나와 내 민낯을 가린다. 지금 나는 쿨한 척하는 게 습관인 못난 30대 여자다.

하지만 이제는 지난날들로부터 그리움보다 깨달음을 느끼려 한다. 부러움을 받는 것과 행복의 차이를 찾아가던 날들, 삐뚤빼

똘 서툴렀지만 나답게 사랑하던 날들, 낯선 세상에 부딪히고 도전하던 날들, 그 속에서 삶의 '기준'을 배운다. 적어도 내 삶에 결국 남기고 싶은 것이 무엇인지 헷갈리지 않기 위해.

얼마 전 오랜만에 만난 10년 지기 선배에게 이런 이야기를 늘어놓은 적이 있다. 한참을 듣고 있던 선배가 웃으며 말했다.

"이제는 자존감이 너무 튼튼해져서 조금 있으면 남에게 나눠 줄 수도 있겠다."

그 말이 너무 좋아 며칠을 입가가 실룩거렸다. 여전히 서툰 나지만 정말이지 그렇게 되고 싶다. 아팠다, 괜찮았다를 반복하며 쌓아온 많은 마음이 누군가에게 위로가 될 수 있다면 좋겠다. 그 휘청임이 유별나서가 아니라고, 여기 똑같은 사람이 또 있다고 전하려 한다.

가끔은 혼란스럽지만 아주 평범한 과정들. 완전한 정답의 길을 알 순 없어도 우리 같이 조금씩 자유로워지자고 말이다.

내일은 오늘보다 좀 더 멋지고 근사한 반전을 기대하며.

CONTENTS

2장 너랑 있을 때 내가 가장 나 같아서

3장 시선이 기준이 되지 않도록

4장 자유를 선택할 용기

1장

매어 있다는 착각

01

적당함
— 이라는
특별함

좋아하는 풍경이 있다. 따스한 햇볕이 내리쬐는 오후, 식탁 의자에 앉아 거실을 바라본다. 마룻바닥은 깨끗하고 선풍기가 천천히 돌아간다. 연두색 꽃을 피운 해피트리가 발코니에 있다. 왠지 모르게 마음이 편안해지는 풍경이다.

바쁜 하루를 보내고 집에 돌아와 신발을 벗을 때에도 거실은 나를 반긴다. 빨래 개는 엄마의 등이 푸근해 보인다. 나 왔어. 짧은 한 마디 내뱉고 방으로 들어가 버리지만 엄마의 뒷모습에서 말할 수 없는 위안을 느낀다.

이렇게 매일의 당연한 풍경에도 의미를 두지만 모순적이게도 가끔은 평범하다는 게 두렵다고 생각하며 살아왔다. 중간이 되는 게 싫었다. 항상 특별한 사람이고 싶었다. 신문기사를 보면 평균이란 통계치가 많이 나온다. 평균소득, 평균자산, 평균 초혼 연령 등등. 평균으로 산다는 건 왠지 멋이 없다고 느꼈다. 한참 뛰어나야 안심하곤 했다. 그런데 살다보니 평균으로 산다는 것도 엄청 어렵다는 생각이 든다.

'누군가의 소중함을 아는 가장 쉬운 방법은 그 사람을 잃는 것이다.'

이런 명언을 들어본 적이 있다. 사람은 잃기 전엔 그 소중함을 잘 모른다. 열렬하던 사랑도 점차 그 익숙함이 지루해진다. 평범한 일상도 그렇다. 대한민국 평균으로 살아가는 날들도 그렇다. 누리고 있기에 그 특별함을 알지 못한 채 더 화려한 도약을 꿈꾼다.

난 무교지만 가끔은 인생은 신이 던지는 질문 같다는 생각을 한다. 설마 이것도 몰랐냐며 툭툭 던지는 질문에 우리는 발이 걸려 넘어진다. 마치 있을 때 그 소중함을 깨닫지 못한 벌을 주기라도 하듯, 신은 때때로 우리가 당연히 여기던 것들을 빼앗아간다.

그때 가서 후회해도 되돌리기는 쉽지 않지만 적어도 깨달을 수는 있다. 당연했던 시간의 뼈아픈 소중함을. 돌이켜 보면 열병을 앓았던 시간들 모두 그런 의미였다. 무엇이 네 인생에 중요하냐고 신이 내게 던지는 질문이자, 그것을 깨닫지 못한 것에 대한 벌이자, 다시금 생각할 수 있게 하는 기회였다.

우리는 과거를 후회하고 미래를 불안해 하느라 현재를 잊곤 한다. 마치 다른 생각에 팔려 눈 앞에 뻔히 놓인 물건을 찾지 못 하듯이 말이다. 그런 우리에게 열병의 시간들은 눈앞의 소중함을 알게 할 것이다. 선풍기 돌아가는 거실 풍경, 빨래 개는 엄마의 뒷모습. 그 적당한 특별함을.

그럼에도 우리는 또다시 일상을 초라해 하고 화려해지기를 꿈꾸길 반복할지 모른다. 멋진 차를 타고 비싼 가방을 메고 남들에게 동경 받고 싶어 하면서. 늘 곁에 있는 사람들을 지겨워하면서.

만약 그런 날이 또 온다면 그건 내가 진짜로 원하는 게 아니라 겉핍이 내는 목소리라는 걸 잊지 말기를. 잃어선 안 되는 걸 내 손으로 잃는 실수를 반복하지 않도록 오늘보단 내일 더 행복에 가까워지도록.

02

오답이 — 없는 선택지

하루를 30분 단위로 쪼개 쓰던 고3 시절. 좋은 대학에 합격한 선배가 내게 수능을 마치면 무엇이 가장 하고 싶으냐고 물었다. 난 심심해 보고 싶다고 말했다.

'카페에 앉아 멍 때리기'

'잡지 뒤적거리기'

'리모컨 들고 TV 채널 계속 돌리기'

그런 것들이 인생의 위시리스트였던 시절. 지금 몇 시지? 생각하지 않고 그저 시간을 낭비해 보고 싶었다. 하지만 꼭 움켜쥐었던 시간도 흐르고 어느덧 10년이 흘렀다.

오늘의 나를 돌아본다. 아침 늦게 일어나 운동을 갔다 카페로 향했다. 비가 내리는 창밖을 바라보며 커피와 스콘 한 조각을 먹었다. 친구와 수다를 떨다가 먼 산 보기를 반복하다 보니 벌써 오후. 한 거라곤 운동 삼아 하는 골프 연습이랑 스콘 먹기뿐인데 너무 지쳤다. 집에 와 유튜브 좀 보며 뒹굴거렸다.

한때 위시리스트였던 것이 무색할 정도로 요즘 내 일상은 그 리스트의 범벅이다. 소원하던 대로 살고 있다는 걸 인지하지 못할 만큼 당연하다. 이대로 살아도 괜찮은 것인지 가끔은 의문이 든다. 하지만 그것도 잠시, 버틸 필요 없는 졸림에 그대로 잠이 든다.

꿈이 컸던 대학 시절에는 한가한 시간이면 불안을 느꼈다. 아무것도 하지 않을 때 본능적인 죄책감이 밀려오곤 했다. 하루를 쪼개 쓰듯 남은 인생도 연단위로 계획표를 짜곤 했다. 인생이 계획대로 되지 않는다는 생각은 하지도 않았다.

오래전 들었던 친구의 이야기가 기억이 난다. 자기 동생은 요즘 최대 고민이 '어떤 헬스클럽을 가야 할지'라고. 그 얘기가 얼마나 인상 깊었는지 아직도 그 느낌이 생생하다. 친구 동생이지만 '생각 없이 사는 아이'라고 마음속으로 무시했다.

10년의 시간이 지나고 요즘 내 최대의 고민은 어떤 골프 클럽을 구매할지이다. 따질 게 많은데 골프는 잘 모르니 머리가 아프다. 인터넷을 뒤져 겨우 결정을 하고도 다음날이면 생각이 바뀐다. 몇 주째 스트레스를 받다 오래전 그 동생의 이야기가 떠오른 것이다.

그 아이도 어느 헬스클럽을 갈지 고민하는 게 중차대한 결정이었겠구나. 경시했던 고민을 나도 치열하게 하고 있구나. 헛웃음이 났다. '절대적'이라고 믿었던 것들이 옛날 책처럼 흐려졌구나 싶었다. 마치 종교가 바뀐 사람처럼 다른 가치를 좇고 있었다. 어떻게 그리 바둥대며 살았나 싶었다.

그런데 사회에 나오니 그때의 나처럼 자신과 다르게 살아가는 타인에게 발끈하는 사람들을 만나게 된다. 자기 생각이 정답인 냥 훈수를 두고 열을 내는 모습들. 회사만이 삶의 전부라 믿는 선배는 더 회사에 충성해야 한다고 훈계하고 육아 전쟁을 치루고 있는 친구는 빨리 결혼해서 아이를 낳으라고 성화다. 그런 강요가 참 멋없다고 느낀다.

그 모든 강요에는 오묘한 감정이 깃들어 있는 것 같다. 사람들은 자신의 삶이 맞다고 확신하기 위해 다른 삶의 방식을 부정한다. 내가 좇는 가치가 정답이라고 믿기 위해, 희생하는 가치는 외면하기 위해 '부정'을 택하는 것이다.

그런데 나에게 맞는 삶의 방식이라는 게 있는 것일까? 치열한 삶만이 정답이 아니기에 어떤 헬스장을 갈지가 고민인 일상 역시 오답은 아니지 않을까?

정답인 삶이란 건 없다. 알람소리에 일어나 하루를 쪼개어 쓴 누군가의 삶도, 예쁜 곳을 찾아다니며 마음껏 즐긴 누군가의 삶도 그 자체로 삶일 뿐이다.

우리가 성숙해진다는 건, 어떤 삶을 사느냐가 아니라 다른 삶을 인정할 수 있는 자세를 갖추는 게 아닐까. 삶은 언제라도 달라질 수 있기에 그저 스스로의 선택에 확신을 갖고 살아가는 것, 타인의 삶을 부정하지 않고 존중하는 것이 비로소 확실한 정답일거라 생각해 본다.

03

진짜 — 성공의 기준

오래전 뜻밖의 질문을 받은 적이 있다.

"사람들이 왜 명품이나 모조품을 산다고 생각하나요?"

"상류층이 되고 싶은 욕망 때문에요."

난 사람들이 명품 가방을 들며 상류층이 된 듯한 기분을 느끼고 싶은 것 같다고 말했다. 그런 심리를 비난하려는 마음은 없다. 나 역시 엄마가 남대문 시장에서 사준 '루이비통' 책가방을 들고 다녔으니까.

직장인이 된 후에는 화려함에 대한 욕구가 더 커졌다. 어떤 날은 옆자리 동료의 명품 가방이 탐나 집에 와 검색해 보고는 뻔한 신입사원 월급에 무리해 비슷한 가방을 사기도 했다. 그런 가방을 가지면 왠지 부자된 기분이 들었다. 사람들이 부러워할거란 생각에 기분이 좋았다.

그렇게 부러움을 받는 것과 행복을 착각하며 살아온 나도 20대를 지나면서 지치기 시작했다. 물건이 채워주는 만족감은 금세 새로운 물건에 대한 갈망으로 교체됐다. 더 높은 위치에 대한 갈증도 신상 가방과 크게 다를 건 없었다. 그 끝은 없었고, 아무리 가져도 만족할 수 없었다. 내 생각은 조금씩 달라지고 있었다. 반드시 남들의 부러움을 사야 한다는 강박에서 스스로를 놓아주기 시작했다. 강박에서 자유로워지면서 조금 나태해지는 자신을 느끼며 조금 혼란스럽기도 했다. 겉으로 보여지는 것이 다가 아니고, 남들이 부러워하지 않는 삶을 산다고 해도 열심히 살지 않아도 되는 건 아니니 말이다.

그런데 며칠 전, 학교 선배와 문자를 주고받다 그 해답을 들은 듯했다. 나는 장난 섞인 말로 "꼭 성공을 해야 하나?"라고 물었다. 그러자 선배는 "사람마다 성공의 기준은 다르지만 자기가 바라는 성공은 해야지"라고 답했다. 우문현답에 부끄러웠다.

내 머릿속엔 이미 성공의 그림이 굳어져 있었다. 부와 명예, 화려한 집과 차, 그것을 성공의 기준이라 바라봤기에 꼭 성공을 해야 하냐는 바보 같은 질문을 던진 것이다.

시선에서 벗어나 진짜 원하는 것을 찾게 되는 삶. 남들이 부러워할 만한 요소들이 가득 찬 삶이 아니라 자기 만족이 가득한 삶. 그것이 성공에 좀 더 가깝지 않을까.

나에게 성공의 기준이란 무엇인가 생각해 본다. 일상에 충실하되 다양한 경험을 하고 싶다. 소중한 사람들을 곁에 두고 그들의 편이 되고 싶다. 명품 걸쳐 대지 않아도 충만한 마음을 갖고 싶다. 그리고 좋은 글을 쓰고 싶다.

남들의 부러움을 받기 위한 발구름이 아니라 하루하루 진짜 성공을 위한 하루이기를 바래본다.

04

기대
— 라는
거미줄

중학교 1학년 1학기, 첫 중간고사에서 전교 1등을 했다. 예상치 못한 결과였다. 나는 어릴 때부터 걱정이 많은 아이였다. 첫 중간고사를 앞두고 엄청난 불안감에 휩싸였다.

'전교 꼴등을 해서 망신을 당하면 어쩌지?'

불안감을 잠재우는 방법은 한 가지였다. 열심히 공부만 하는 것! 시험 한 달 전부터 모든 여가생활을 끊고 공부에 집중했다. 어떤 날은 밥 먹는 시간이 아까워 반찬에 밥을 비벼 책상 앞에서 먹기도 했다. 그 결과 우려했던 바와 정반대인 전교 1등을 하게 되었다.

어깨가 으쓱했다. 담임선생님은 본인 반에서 1등이 나왔다고 싱글벙글 좋아하셨다. 아이들은 1등이 궁금하다며 구경하러 오기도 했다.

과거의 영광을 들추어내어 자랑한다고 할지 모르겠지만 그렇지 않다. 첫 시험 결과는 어찌 보면 내 인생의 덫이 되었다. 기말고사부터는 더한 압박감이 나를 옥죄어 왔다. 이제 목표는 꼴등 탈출이 아니라 전교 1등이었다. 2등도 안 됐다. 성적이 조금만 떨어져도 손가락질을 받을 것 같았다.

그리고 그 해 연말. 상상은 현실이 되었다. 2학기 기말고사에서 전교 10등을 했다. 담임선생님은 성적이 많이 떨어졌으니 지도해달라고 집에 전화를 했다. 지금 생각하면 어이가 없지만 당시엔 교정 계단에 앉아 펑펑 울었다.

그렇게 시작된 1등에 대한 강박은 오랜 기간 나를 괴롭혔다. 최고가 되지 않는 것을 견딜 수 없었다. 말 많은 강남 8학군이라 더욱 그랬다.

직업을 고를 때도 마찬가지였다. 어떤 일을 하고 싶다고 말하면 '에이, 서울대 나왔는데?'라는 답변들뿐이었다. 그 논리대로라면 대통령이 되지 않고서는 만족할 수 없을 것 같았다.

하지만 돌이켜 보면 그 모든 강박은 스스로가 만들어낸 허상에 불과했다. 국가대표 스포츠 선수도 아닌데 남들은 내게 관심이 없었다. 설령 관심 있게 보는 사람이 있더라도 무시해 버리면 그만이었다. 다만 내 자신이 부러움의 시선을 받고 싶었다. 스스로가 친 거미줄이었다.

사실 정말 두려운 건 스스로에게 실망할 내 자신이었다. 나를 지탱하는 건 단단한 내면이 아니라 언제든 흔들릴 수 있는 지표였기 때문이다. 그런 삶이 행복할 리 없었다. 항상 타인의 시선에서 나를 바라보았다. 꽤 근사한지, 위로 올라가고 있는지.

그 지독한 거미줄에서 발을 빼고 행복해질 수 있는 기회를 찾게 된 건 모순적이게도 스스로의 기대에 미치지 못한 순간이었다. 대학교에 입학한 후 허탈감에 한동안 공부에서 손을 뗐다. 심지어 F가 있는 성적표를 받기도 했다. 그런데 아무 일도 벌어지지 않았다. 성적은 바닥을 쳤지만 이제야 코르셋을 벗은 듯 편안했다.

어쩌면 지금 우리들은 스스로가 쳐놓은 덫에 걸려 있을지 모른다. 나는 왜 이 형편 없는 현실에 안주하려 할까?라는 자책을 하며 하루를 마무리하고 있을 것이다. 그런 모든 이들에게 오늘 하루도 충분히 열심히 살았다고 말해 주고 싶다.

오늘도 스멀스멀 올라오려는 허망한 기대를 누르며, 조금 더 행복해지려는 연습을 한다.

05

어른 같은
— 아이,
아이 같은
— 어른

스무 살의 나는 일찍 철이 든 아이였다. 세상 고뇌를 다 짊어진 듯 굴었다. 당시 가장 좋아했던 책은 김혜남 정신분석 전문의의 《어른으로 산다는 것》이었다. 누구나 가슴 속에 상처받은 어린아이가 살고 있다며 토닥임을 주는 이 책을 스무 살 아이는 읽고 또 읽었다.

그러던 어느 날. 한 동아리 모임에서 8살이나 많은 복학생 오빠를 알게 되었다. 그는 살면서 제대로 된 사랑을 한 번도 해본 적이 없다고 했다. 학교도 계속 졸업을 유예하며 놀러 다니기에 바빴다. '피터팬 신드롬'이라는 단어가 딱 어울리는 오빠였다.

그 오빠는 내가 들고 다니는 책을 보며 무척 의아해했다. 어린

애가 무슨 《어른으로 산다는 것》이란 책을 좋아하냐며 웃었다.

10년 넘는 시간이 흘러 나는 그때 그 오빠보다도 많은 나이가 되었다. 그 오빠보다 멋진 어른이 될 줄 알았던 나는 그렇지 못하다. 복잡한 게 싫고 즐길 수 있으면 그만이라는 생각을 하며 살아가는 철없는 피터팬이 되어버린 것 같다.

사람은 제 나이에 맞는 그릇이 있다. 갓 태어난 아기는 목 놓아 울어야만 한다. 아기가 울지 않으면 부모가 제때 젖을 줄 수도 기저귀를 갈아줄 수도 없기 때문이다. 어린아이 역시 제 나이에 맞는 어리광을 피워야 한다. 제대로 된 보살핌을 받지 못하고 일찍 철이 든 아이는 마음에 빈 그릇이 생긴다. 그리고 그 그릇은 언제라도 티가 난다.

10년 전 알았던 그 오빠는 어린 시절 엄한 훈육을 받았다고 했다. 의사인 아버지와 약사인 어머니 사이에서 자랐고 형은 서울대 의대에 입학했다. 본인도 서울대에 입학했지만 집안에선 의대에 가지 않았기에 그다지 기뻐하지 않았다고 했다. 짐작해 볼 수 있었다. 아무리 노력해도 칭찬받지 못하는 아이. 그 아이의 채워지지 않은 빈 그릇이 그 오빠를 피터팬으로 만든 건 아니었을까.

나 역시 아이다운 아이는 아니었다. 엄마가 공부 그만하고 이제 자라고 해도 책상을 떠나지 않았다. 어리광을 부리지도 떼를 쓰지도 않았다. 그 때문인지 이제와 '아이 같은 어른'이 되어가는 것 같다. 재미없는 일은 내팽개치고 싶고 사랑을 달라고 칭얼거리고 싶다.

30대가 된 지금도 풍선을 매달고 온 가족이 모여 생일 파티를 하고 싶다는 상상을 한다. 리본 머리띠에 솜사탕을 들고 놀이공원을 누비고도 싶다. 내 안에 비어 있는 그릇을 채우고픈 욕구인지도 모른다.

이런 예후를 알기에 난 너무 일찍 철이든 아이들을 보면 안쓰러운 마음이 든다. 아이가 아이답게 클 때 어른이 되어 어른답게 살 수 있다는 걸 알게 되었기 때문이다.

세상은 우리에게 나이보다 조금 더 성숙하길 기대할지 모르지만 그 기대에 꼭 부응할 필요는 없다. 지금 누려야 할 기쁨에 빚을 지지 말자. 조금 느리더라도 나이답게 살아가는 것이 빈 기둥 없는 삶을 완성해나가는 방법일 수 있다. 그런 명분을 가지고 오늘도 나이답지 않은 떼를 쓰며 하루를 보낸다.

06

외면하지 — 말아야 할 눈빛

미혼모 아기를 돌보는 시설에서 봉사활동을 한 적이 있다. 그 시설에는 생후 1년까지의 아기들이 모여 있었는데, 이곳에 처음 들어온 아기들의 눈빛에는 불안함이 있었다. 내 선입견이었을지도 모르지만 태어난 지 채 1년도 되지 않은 아기의 눈빛에서 왠지 모를 어른의 눈빛이 느껴질 정도였다.

그런데 아기들이 봉사자들의 사랑을 듬뿍 받으며 변해가는 것을 느낄 수 있었다. 눈빛에서 따뜻함이 느껴졌고 평온함이 살아났다. 그 변화가 놀라웠다. 눈빛에서 마음이 세어 나온다는 깨달음과 함께 수없이 마주쳤을 많은 눈빛들에 대해 다시금 생각하게 되었다.

우리는 가끔 그동안 헤아릴 수 없었던 것을 눈빛을 통해 알아채곤 한다. 어쩔 땐 풀리지 않는 숙제의 실마리가 되고, 또 어떤 날엔 결정적 믿음의 근거가 된다.

어느날은 자꾸만 제멋대로 구는 친구에게 "넌 왜 자꾸 센 척을 해? 내가 보기에 넌 순한 사람인 거 같은데. 네 눈빛이 선하잖아"라고 말한 적이 있다. 고집스럽고 제멋대로일 때 그 친구의 눈빛은 '모질게 굴어도 날 사랑해줘, 사실은 나 많이 외로워'라고 말하는 듯했다.

다른 사람들에게 나의 눈빛은 어떻게 비춰졌을까. 애틋했던 사랑도, 감추려던 못난 마음도 고스란히 드러났을까. 궁금하고 또 부끄럽다. 오늘도 내 눈빛이 누군가에게 어찌 기억될지 알 수 없는 노릇이다. 감추려 하면 더 들켜버릴 것 같은, 연기 중에서도 눈빛 연기가 가장 어렵다는 것도 그 때문일 것이다.

하루의 긴장감을 내려놓고 거울 앞에 서서 내 눈을 찬찬히 들여다본다. 분명 힘찬 하루였는데 거울 속 눈빛에서 쓸쓸함을 느낀다. 조금은 지친 하루였다고, 이런 저런 걱정에 불안하다고도 말한다.

가끔은 나와 눈을 맞춰 보자. 망각했던 진심을 발견하는 순간이 있을 것이다. 어떤 날은 열정을, 어떤 날은 주저함을 마주하겠지만. 그게 무엇이든 내 마음임을 외면하지 말자. 잘 보이고 싶은 사람의 눈치를 살피 듯이 온 촉각을 곤두세워 보자. 그렇게 내 진심을 다독일 때 보다 생기 있는 눈빛을 가진 사람이 될 수 있지 않을까.

07

울어봐서 — 웃을 줄도 잘 알아

"이 도자기는 얼마짜리일까요?"

따뜻한 차 한 잔을 주시며 한의사 선생님이 내게 물었다. 실례가 될까 봐 일단 잘 모르겠다고 했다. 그러자 선생님은 만약 이 도자기의 가치보다 아주 적은 금액을 말하면 자신의 기분이 나쁠까봐 모른다고 한 거냐며 다시 물어왔다. 당연히 화가 나실 것 같다고 하자 선생님은 고개를 저었다.

'저 사람은 도자기의 가치를 잘 모르는구나'라고 생각하면 그뿐이라고 했다.

10년 전 우울감과 불면증으로 고생하던 내가 찾았던 한의원에서 들은 이야기다. 몸이 따뜻해지고 잠이 잘 오는 침을 맞으러 갔는데, 그보다는 상담 시간이 즐거웠다. 선생님은 다도를 즐기는 분이라 따스한 차를 건네며 많은 이야기를 해주셨다. 10년이 지나도 도자기 이야기가 기억에 남는 걸 보면 꽤 큰 울림이었나 보다.

그때만 해도 우울증은 쉽게 들을 수 있는 단어가 아니었다. 요즘에야 우울증이나 공황장애를 앓고 있다고 고백하는 사람들이 많아졌지만 당시엔 달랐다. 엄마조차 우울증은 한가한 사람이나 걸리는 거니 마음을 강하게 먹으라고 했었다.

딸의 시련을 인정하고 싶지 않은 아픔이 서려 있는 말이었지만, 그건 마음이 약하고 강하고의 문제가 아니었다. 나는 그저 감기에 걸린 듯 마음앓이를 하고 있었다. 매일이 무기력했다. 늘 중요한 면접을 앞둔 사람처럼 초조했다. 어느 날은 자다가 숨을 가쁘게 쉬며 깨기도 했다.

나의 흠이 될까, 누군가에게 이런 이야기를 자세히 한 적은 없다. 어쩌다 스치듯 말하면 주변에선 '네가 왜?'라고 되물었다. 세상 물정 모르는 아가씨의 투정이라고 생각했을 것이다.

나도 이유는 잘 모르겠다. 우리가 감기에 걸리면 언제 어디서 바이러스에 감염됐는지 알 수 없듯 마음의 병도 그렇다. 우리는 암에 걸린 환자에게 왜 암에 걸렸냐는 질문을 하지 않는다. 유전, 생활습관, 알 수 없는 이유가 쌓여 암을 만들 듯 마음의 병도 그렇다.

한 번쯤은 아무 걱정 없이 쉬어 보고 싶다는 생각에 휴학을 했다. 처음엔 의무감이 없다는 게 편안했다. 매일 늦잠도 잤다. 참 오래 꿈꾸던 생활이었는데 그 해방감은 그리 오래가지 못했다. 지루했다. 매일 갈 곳이 있다는 게 소중하게 느껴졌다. 그 감정이 마음의 병에서 벗어나는 첫 발걸음이었다.

'일상의 소중함을 깨닫는 것.'

슬픔의 심연에 빠져 봤기에 헤아릴 수 있는 감정들이 있다. 차갑게 얼었던 손에 난로 불을 쬘 때에 온몸이 데워지는 기분을 겪어 보지 않은 사람은 모른다. 우울함을 뒤로하고 조금씩 일상을 되찾아 갔던 기억은 내게 많은 것을 일깨워 주었다. 편안하게 잠들고 햇살에 잠을 깨는 일상에 감사할 수 있게 되었다.

누군가 허우적대고 있다면 꼭 말해 주고 싶다. 당신은 헤아릴 수 없는 가치의 도자기라고. 도자기의 가치를 모르는 사람 때문에 아파하지 말라고. 그 고통 또한 잠시뿐이고 다시 편안한 일상을 되찾게 될 것이라고.

08

아무렇지 않으면 — 아무것도 아닌 일

우리나라 사람들의 미혼 여성에게 결혼 관련 질문 공세는 엄청나다.

"결혼 안 하니?"

"결혼은 언제 해요?"

"결혼 좀 해라."

밥은 먹었냐보다 결혼 언제 하냐는 말을 더 많이 들었다. 아침 회의 시간에도, 거래처와의 미팅 시간에도 일 얘기보다 내 결혼 얘기가 주를 이루는 것만 같았다. 팀원의 결혼 소식을 들으면 긴장감이 들었다. 너는 도대체 뭐 하냐는 핀잔이 쏟아질 게 뻔했다. 서른을 앞둔 여자는 이런 스트레스쯤은 당연히 받아야 하는 듯 대해졌다. 오히려 부모님은 아무 질문도 하지 않는데 한걸음 밖의 사람들이 더 성화였다.

사실 나는 어려서부터 일찍 결혼하고 싶었다. 인생을 계획대로 살지 않으면 큰일나는 줄 알았던 나에게 스물아홉 살은 이미 누군가의 아내가 되었어야 할 나이였다. 그런데 인생은 마음처럼 되지 않았다.

여러 다른 이유가 있었지만 무차별 폭격처럼 계속되는 질문에 쌓였던 짜증이 폭발하여 오랜 연인과도 헤어지게 되었다. 애인도 없고 가진 것도 딱히 없는 30대 여자라니! 내 인생 계획표에선 상상해 본 적 없는 그림이었다.

그런데 이상했다. 사랑하는 사람이 사라지자 사람들의 질문도 사그라졌다. 결혼해서 뭐 하냐고 혼자 편안하게 살라는 이야기까지 들렸다. 많은 게 변해 있었다. 어쩌면 별 의미 없던 사람들의 질문에 너무 예민하게 굴었을 수도 있단 생각이 들었다. 조금만 담대했다면 괜한 짜증으로 소중한 사람을 잃지 않아도 되었던 걸까 혼란스럽기까지 했다.

그러던 어느 날. 오래전 일기장에서 내 두 번째 발가락에 대한 이야기를 보았다. 두 번째 발가락이 길면 엄마가 장수한다던데 우리 엄마는 120살 장수하실 만큼 난 두 번째 발가락이 길다. 누구라도 내 발가락을 보면 재밌어 했고 엄마마저 '넌 발가락이 왜 그러니?' 하며 놀렸다. 하지만 난 그 놀림에 같이 웃을 뿐이었다. 두 번째 발가락이 길건 말건 콤플렉스가 없었기 때문이다. 만약 부끄러운 마음이 있었다면 그런 얘기를 들을 때마다 발가락을 오므리고 싶었을 것이다.

'결혼은 내게 두 번째 발가락이 되지 못했구나' 생각했다. 할 말 없어 던지는 화두였을지도 모를 말을 곱씹고 또 곱씹었던 것이다. 그 질문에 담담히 답할 자신이 없었다. 인생이 계획과 달리 가고 있지 않느냐고 스스로에게 물었다. 내가 나에게 오지랖이었다.

우리가 하는 많은 고민들이 이런 오지랖일 거란 생각이 든다. 미리 정한 완벽의 기준을 들이대고 쓸데없는 콤플렉스에 시달린다. 아무렇지 않으면 아무 일도 아닌데 사람들의 말 한마디에 가슴이 쪼그라든다. 모든 일을 두 번째 발가락쯤 생각할 순 없는 걸까.

'괜찮은데 뭐 어때? 난 두 번째 발가락 미녀다.'

09

예민함이 — 느끼는 아름다움

"계속 우울하다 보면 다시 태어나는 수밖에 없겠다는 생각이 들어. 그래서 그만 살고 싶기도 하고 그래."

친한 동생의 이야기였다. 조금 예민한 성격이긴 해도 나와 재미있게 지내던 동생이었다. 연락이 좀 뜸하던 사이에 우울증이 심해졌다고 했다. 공황장애도 함께 와 병원치료를 받고 있다고 했다. 마음이 아팠다. 그동안 함께 해주지 못했다는 생각에 미안함도 몰려왔다. 동생은 무던한 사람으로 다시 태어나고 싶다고 했다. 이렇게 아픈 건 타고난 성격 탓이라며.

동생과 나는 참 잘 맞았다. 나의 별거 아닌 한 마디에도 언니는 언어 천재라며 웃음을 터트리곤 했다. 싫어하는 부분도 똑같았다. 목소리가 크거나 직설적으로 말하는 사람에겐 거부감을 느꼈다. 사소한 지적에도 밤새 뒤척일 만큼 소심한 구석도 있었다. 너무 비슷했기에 우리는 더 단짝처럼 지냈다.

그러던 어느 날, 동생에게 말실수를 한 일이 있었다. 내 고민 상담을 열심히 해주었는데 그날따라 동생의 조언이 거슬렸다. 나도 모르게 '내가 알아서 할게'라고 말했다. 우리는 그날 밤 둘 다 잠을 이루지 못했다.

내 말에 얼마나 상처받았을까 싶어 마음이 쓰였다. 내 얘기를 열심히 들어준 동생에게 그렇게 모질게 말하다니 미안했다. '내일 만나면 사과해야지' 생각하던 찰나 동생에게 장문의 문자가 왔다. 요약하자면 많이 서운하다는 얘기였다. 나는 사과했고 우리는 한 시간 넘게 대화하며 오해를 풀었다.

그 후로 우리는 스스로를 '예뽀'라 불렀다. '나 예뽀?'라는 귀여운 뜻도 있지만 사실은 '예민 보스'라는 말이다. 예민하다는 말 자체엔 부정적 어감이 있기에 살짝 숨기려는 의도도 있었다.

나 역시 '예뽀'인 자신이 싫을 때가 있다. 굳이 느끼지 않아도 될 것을 느끼고, 혼자만의 생각에 빠진다. 옆자리 사수의 작은 한숨소리가 왠지 나 때문인 것 같기도 하다. 생각이 많다 보니 감정 기복도 심해진다. 예술가라면 모를까 직장인에게 감정 기복은 최악의 단점이었다.

가끔씩 안정적인 성격은 돈으로 살 수 없는 자산이라는 생각이 든다. 몇 백억의 자산을 물려받은 금수저처럼 그 차이를 뛰어넘기가 힘들만큼 선택받은 사람들. 단단한 성격이야말로 진짜 멘탈 금수저가 아닐까.

하지만 생각해 본다. 이 동생이 만약 무던한 성격이었다면 우리가 서로를 이토록 이해할 수 있었을까. 사소한 이야기에 웃고 또 울 수 있었을까. 남들은 죽었다 깨어나도 이해하지 못할 '예뻐'들의 맞장구가 주는 행복을 느끼지 못했을 것이다.

인간의 성격은 양면의 색종이와 같다는 말을 들은 적이 있다. 장점에는 반드시 그 이면이 있다는 말이다. 소심하기에 남들보다 사려 깊을 수 있고, 다소 자기중심적이지만 반면 결단력이 좋을 수도 있다. 나쁜 면이 싫어 색종이를 찢으면 반대편의 좋은 면도 찢어진다.

다시 태어나 다른 사람이 되고 싶다는 아픈 동생에게도 이 얘기를 전해주고 싶다. 예민한 사람으로 살아가는 것이 때론 버겁지만, 그로 인해 우리가 서로를 더 의지했었다는 사실을 기억하자고. 우리만이 느낄 수 있는 풍성한 감정들에 감사하자고 말이다.

아끼는 동생에게.

그리고 세상의 모든 예쁜들에게 말하고 싶다.

“난 네가 예민해도 좋아하는 것이 아니라, 그래서 널 더 좋아하는 거야.”

10

It's not — my fault

눈이 소복이 쌓인 겨울날이었다. 이별의 아픔으로 펑펑 울다 친구를 만나러 나왔다. 나와 생일이 이틀밖에 차이가 나지 않는 물고기자리 친구. 별자리를 믿는 감성마저 똑같은 중학교 동창이었다. 내가 태어나기 전 이틀이 자기 인생에서 가장 심심했다는 생일 카드를 주기도 한 친구였다.

우리는 어려서부터 생활의 흐름이 비슷했다. 그 친구가 산책을 할 때 나도 산책을 했고 그 친구가 밥을 먹을 때 나도 배가 고팠고, 심지어 그 친구가 이별을 할 때쯤 나도 이별을 했다.

"얼굴이 왜 이렇게 안 좋아."

퉁퉁 부은 내 얼굴을 보며 친구의 얼굴도 어두워졌다. 서로의 이야기를 들으며 우리는 함께 글썽였다. 당시에 나는 삶의 많은 부분이 흔들리고 있었다. 사랑하는 사람과 헤어졌을 뿐 아니라 사회생활에도 슬럼프가 찾아왔다. 일이 제대로 손에 잡히지 않았고 타인과의 관계에서도 겉돌았다. 하지만 투정부려도 내 편을 들어줄 사람이 없다고 느꼈다.

친구에게 요즘 너무나 외롭다고 말했다. 그러자 친구는 그 공허함이 꼭 이별 때문은 아닐 거라며 누구도 채워줄 수 있는 게 아니라고 했다. 태어날 때부터 갖고 나온 구멍이라 어쩔 수 없는 거라고도 했다. 독실한 신자인 친구는 하나님을 믿어 보길 바란다 말했다. 마음을 달랠 수 있다면야 없던 종교까지 가지고 싶을 만큼 절박했지만 믿음이 쉽사리 생기는 건 아니었다.

우리는 그날 뜬금없이 도자기 원데이 클래스를 갔다. 흙 반죽을 사정없이 두들기며 잠시나마 웃을 수 있었다. 모양새가 완전하진 않았지만 오히려 더 마음에 들었다.

'It's not your fault.'

유명한 작가의 작품처럼 나도 도자기 밑에 글씨를 새겨보았다. 그 문장이 꽤나 좋았다.

도자기를 다 만들고 마음도 조금 가벼워졌다. 아까는 잘 들리지 않던 친구의 말이 떠올랐다. 우리는 모두 구멍난 항아리 같다고. 구멍 없이 튼튼한 항아리도 있겠지만 우리는 그렇게 태어나지 못한 것 같다고 했다.

나는 분명 구멍 난 항아리였다. 가만히만 있어도 마음이 어디선가 새고 있었다. 한때는 사랑이 그 구멍을 채워 주리라 믿었다. 때론 뜨거움을 채움으로 착각해 위태로운 의지를 하기도 했다. 하지만 어떤 사랑도 구멍 난 항아리를 메우기엔 역부족이었다. 그 누구도 내게만 찰싹 달라붙어 있을 수는 없는 노릇이었다.

때론 공허함을 달래기 위해 쉴 새 없이 달렸다. 목적지가 없는 러닝머신 위의 달리기처럼 그냥 달렸다. 이래저래 바쁜 일정을 만들었다. 쇼핑을 하고 맛있는 음식을 먹고, 항아리를 메우기 위해 돈을 썼다.

그래서인지 단순 유쾌한 사람을 보면 마음이 불편했다. 괜히 그들을 깎아내리려고도 했다. 누군가를 보며 이유 없이 화가 난다면 사실은 부러워서라고 한다. 부러움은 원래 군더더기가 많은 감정이다.

내일의 걱정은 내일에 하자고 넘길 수 있다면. 괜찮은 척이 아니라 정말 아무렇지 않은 거라면 좋겠다. 그럼 상처받지 않기 위해 거리를 두려 하지도. 외로운 마음 달래기 위해 무작정 가까워

지려 하지도 않을 텐데. 새어나가는 마음을 당장 어쩌지는 못하겠지만, 그래도 가만히 가슴을 토닥인다. 그것이 혼자만의 미진한 위로일지라도, 읊조려 본다.

이별의 이유도, 구멍 난 마음도, It's not my fault.
내 잘못이 아니라고.

11

어설픈 꾸밈과 — 선택적 생략

"쉬는 날엔 보통 집에서 쉬거나 친구 만나요."

"운동은 일주일에 1-2번쯤 하고요."

"음, 남자를 볼 때 중요하게 생각하는 거요?"

처음 만난 사람과 자리에 앉자마자 식사를 한다. 괜히 물만 들이킨다. 똑같은 질문들과 똑같은 대답들. 30대가 되어 가장 많이 한 것이 있다면 다름 아닌 소개팅이었다.

30대 첫 소개팅 기억이 난다. 너무나 오랜만에 하는 소개팅이라 설레는 마음이었다. 그런데 그 분을 만나고 집에 오는 길에 울고 말았다. 상대가 딱히 뭘 잘못한 건 아니었다. 고단함이 밀려왔다. 잘 보이려 꾸민 내 모습도 싫었다. 재미있지 않은 얘기에 웃기가 힘들었다. 상대방의 작은 행동에서 나에게 관심이 없다는 게 느껴졌다. 꽤나 초라했다.

트레이닝복에 까치집 머리를 하고 나가도 괜찮던 옛 연인이 그리웠다. 소매에 음식물을 흘리기라도 하면 어린아이냐고 놀리면서도 참 귀여워해 주던, 나와 똑같은 도플 갱어가 나타난다면 소매에 음식물이 묻어 있는지를 확인하면 된다고 했었다. 도플 갱어 얘기에 킥킥 웃던 순간을 떠올리며 눈물이 났다. 서글펐다. 익숙하던 내 자리가 그리웠다.

하지만 시간이 흐를수록 그 서글픔도 무뎌져 갔다. 내성적인 내가 낯선 사람에게 환히 웃는 것에 익숙해졌다. 똑같은 질문에도 눈을 반짝이며 대답하는 스킬이 늘어났다. 나만의 레퍼토리도 생기는 듯했다. 하지만 나를 드러내지는 않았다. 진짜 내가 아니라 '내가 보여주려는 나'를 그 자리에 앉혀 놓았다.

문득 입사 면접이 생각이 난다.

"외동딸이고 고생 모르고 자랐을 텐데, 조직생활에 잘 적응할 수 있겠어요?"란 질문을 받았다.

"어릴 때 아버지랑 사이가 좋지 않았었고 생각보다 공주처럼 자라지 않았습니다"라고 답하자 당시 대표님이 매우 의아해했다.

모두들 좋은 면만 보이려 하는데 왜 이렇게 솔직하게 대답하냐고 말이다. 난 당돌하게도 "자기 소개니까 솔직해야 한다고 생각합니다"라고 말했다. 그 자신감 있는 아이는 어디로 사라진 걸까. 난 스스로를 숨기는데 이골이 난 사람이 되어가고 있었다.

섬세하고 예민한 성격이라는 걸 들키고 싶지 않았다. 상대하기 피곤한 여자라고 생각할 테니까. 일부러 더 밝고 환한 웃음을 지었다. 이렇게 점점 나를 감추다 보니 누군가와 가까워지기가 힘들었다. 관계는 겉돌았다.

한 친구는 너는 네 패를 드러내지 않아서 사람을 힘들게 한다고 말했다. 사실 그런 꾸밈 속엔 진짜 나를 드러내면 사랑받지 못할 것 같은 두려움이 있었다. 사랑받지 못할 거라면 진짜 내 모습이 아니라 가면의 탓으로 돌리는 편이 나았다.

가끔씩 혼란스럽다. 진짜 나다운 게 뭔지 스스로도 헷갈린다. 어설픈 꾸밈과 선택적 생략만이 늘어난다. 어느 순간부터 독립적인 사람이란 말을 듣는다. '그건 정말 내가 아닌데' 반감이 들다가도 정말 내가 그렇게 변한 걸까 의아해진다.

어떻게 하면 진짜 나를 발견할 수 있을까. 사실은 정말이지 나다워지고 싶다. 있는 그대로의 나를 드러내고 사랑받고 싶다. 햇살 쨍쨍한 날, 창가 자리에 앉아 민낯을 드러낼 그 용기가 그립다.

12

간절함 끝에 — 오는 실망이 두렵지만

"이제는 누군가가 간절해지는 게 싫어. 요즘은 내 집 장만이 가장 간절하지."

얼마 전 친한 언니가 말했다. 우리는 20대 초반 회사에서 처음 만났다. 그때 가끔씩 비상구에 쪼그려 앉아 서로의 연애담을 털어놓곤 했다. 어떤 날은 새빨개진 눈으로 출근한 언니가 어젯밤 화를 참지 못하고 지방에 있는 남자친구에게 달려갔더니 택시비로 30만 원이 나왔다고 했다. 나는 '어머, 어머, 언니 정말 멋지다'라며 맞장구를 쳤다.

최근에 만난 언니는 그땐 뭐가 그렇게 절박했는지 모르겠다고

'택시비가 얼마였더라'라며 깔깔 웃었다. 언니의 말에 나 역시 투명한 피부보다 그리운 것은 순수한 사랑이라고 대답했다. 이제는 한 사람에게 온 마음을 다하는 것이 큰 용기가 필요한 일이 되었다고도 했다.

진짜 사랑, 진짜 믿음, 진짜 있는 모습 그대로의 교류 같은 것보다 강남 아파트 마련이 오히려 실현 가능한 꿈이지 않겠냐며. 그렇게 욕심나지 않는 척했지만, 우리는 내심 알고 있었다. 무언가가 간절해지는 게 두려운 이유를.

간절하다는 건 어떤 의미일까?

오늘은 택시를 기다리느라 잠시 서 있는데 발가락이 얼어붙을 정도로 추웠다. 그런 추위 속에 따끈한 차 한 잔을 찾듯, 몸이 움츠려 들고 조바심이 깃드는 것. 그게 간절함일 거라 생각해 본다.

나이가 들수록 무언가가 소중해지는 것이 두렵다. 그 간절함의 끝에 실망과 자책이 있을까 봐. 상처받고 싶지 않아 차라리 기대하지 않게 된다. 어릴 때는 좋은 대학을 가는 것이 목표였고 스무 살의 청춘에는 사랑하는 사람의 마음을 얻는 것이 목표였다. 그렇게 절박한 목표를 이루고 실패하기를 반복하며 내 마음도 무뎌져 왔다.

이제는 소중함도 싫고, 잃을까 염려하는 마음도 싫다. 잃고 나서 견뎌야 할 아픔 역시 두렵다. 그래서 무미건조한 날들을 보내는 게 나을지도 모른다는 생각을 한다. 그런 생각들이 무의식에 쌓여 더 이상 열렬히 바라지 않는 미적지근한 마음을 만든다.

어젯밤 언니에게 지금 남자친구와 헤어졌다며 연락이 왔다. 미친 듯이 싸우다 헤어지기로 했다고, 마무리 인사까지 나눴다고 했다. 하지만 '내일이면 화해하겠지' 생각했던 내 예감은 틀리지 않았다. 언니는 하루도 채 지나지 않아 남자친구와 화해를 했고 어젯밤 고맙다며 커피쿠폰을 보내왔다.

아직 언니에게는 간절함이 남아 있다는 생각이 들었다. 화를 못 이겨 헤어지자 말하고도 아침이면 화해를 하는 과정이 부러웠다. 열정적인 언니도, 그런 모습이 부러운 나도 아직은 사랑을 바라고 있다는 것을 느꼈다. 외면하고 있을 뿐이었다.

소중한 것에 생채기가 나는 게 두려워 피해 버리면, 결국 남는 건 후회만이 허락되는 순간이 아닐까. 아플 것이 두려워 피해 버렸던 진심이 결국은 후회로 남는 것만큼 미련한 일이 있을까. 여전히 상처가 두렵지만, 그래도 내 진심에 조금은 솔직해지고 싶다. 이제는 후회하고 또 후회하는 순간을 맞이하고 싶지 않기에, 내게서 조차 희미해진 내 진심을 투명하게 바라보고 싶다.

2장

너랑 있을 때 내가 가장 나 같아서

01

모든 — 말을 기억하는 것

때로는 살면서 겪은 아픔이 훈장처럼 되기도 한다. '나는 이런 일도 있었어' 하며 과거의 고통을 말하는 순간이 그렇다. 왜인지는 모르겠지만 통증이 사라진 과거의 아픔을 우리는 자랑거리로 삼는다.

나에게도 자랑거리가 하나 있다. 스무 살이 되어 첫 남자친구에게 버림받은 순간, 나의 연약한 모습이다. 마음을 조절한다는 게 뭔지도 몰랐던 시절이었다. 온 마음을 다해 순수함을 바쳤다고 생각했는데 상대가 돌아섰다.

잦은 싸움이 반복되던 어느 날, 그는 생각할 시간을 갖자고 했다. 피가 말랐다. 내버려 두어야 하는 건지, 그래도 연락을 해야 하는 건지 학교 선배에게 물었던 기억이 난다. 흔들리는 버스 안에서 한없이 내쉬던 한숨도 기억이 난다.

한 달쯤 시간이 흐르고 우리는 어느 카페에서 만났다. 부담이 될까 일부러 밝은 척을 했다. 하지만 찻잔을 든 내 손은 덜덜 떨렸다. 그는 '수전증이야?'라고 농담을 던지며 분위기를 가벼이 해보려 했지만 잘 되지 않았다. 이내 내 곁에 남자친구로 있어줄 수 없을 것 같다고 말했다. 고개를 끄덕였지만 태연한 내 연기는 오래가지 못했다. 집으로 향했던 발걸음을 돌려 그의 집 문을 두드렸다. 그렇게 한 달 가까이를 매달렸다.

마지막 매달리던 날은 내 진상의 클라이맥스다. 이제는 연락도 받아주지 않는 그를 만나기 위해 무작정 집 앞에서 기다리기로 마음을 먹었다. 분명 얼굴을 보면 마음이 달라지리라 믿었다. 선배는 그렇게 한 번 매달릴 때마다 재회가 한 달씩 늦춰지는 거라 생각하라 했지만, 그 당시엔 들리지 않았다. 내 순수함이 그렇게 무자비하게 박살날 줄 몰랐다.

몸이 덜덜 떨리는 영하의 날씨였지만 상관없었다. 코트에 스커트 차림으로 집 앞에서 6시간을 서 있었다. 한밤중이 돼서야 그를 만났지만 처음 보는 잔인한 눈빛에 오히려 마음을 접을 수 있었다. 그 순간을 마지막으로 더 이상 매달리지 않았다.

그날 걸린 발가락 동상은 이삼 년쯤 날 괴롭혔다. 겨울이 되면 발가락 끝이 간질간질해져 왔다. 내 감정도 그랬다. 더 이상 발가락의 통증도 마음의 상처도 아프지는 않았지만 가끔 그의 한마디, 한마디가 생각이 났다. 아프게 헤어졌지만 마음으로 통했던 사람이었다. 나와 참 많이 닮은 사람이 내가 살아가야 할 인생을 한 발 먼저 가고 있기에 그의 이야기는 언제나 큰 울림이었다.

아주 오랜 시간이 흐르고도 사소한 많은 것들이 지워지진 않았다. 그는 언젠가 내 기억력이 너무 좋다며 코끼리라는 별명을 붙여줬었다. 신기하리만치 난 그의 모든 말을 다 기억했다. 길 가다가 툭 내뱉은 한 마디도 기억해 언젠가 우리의 대화에 인용하곤 했다. 그가 무언가 필요하다 스쳐 말하면 기억해 두었다가 선물했다. 네 앞에선 무슨 말을 못 하겠다며 웃던 얼굴도 생각이 난다. 어떤 날은 내 기억력이 신기하다며 자기 주민번호를 외워 보라고 해서 줄줄이 외우니 기가 막히다는 듯 어이없어하기도 했다.

얼마 전 한 모임에서 사랑이 뭐라고 생각하느냐는 질문을 받았다. 머뭇거리다 '시간이 지나봐서야 알 수 있는 것'이라 대답했다. 더듬어 보니 그가 해준 말이었다. 왜 그토록 난 그의 모든 말을 기억하고 있을까.

정말 좋아하는 영화가 생기면, 우리는 명장면 명대사를 외우게 된다. 정말 좋아하는 시가 있다면 애써 노력하지 않아도 암송

하게 된다. 자꾸 되뇌기 때문에 그렇다. 짧은 기억이 장기기억으로 넘어갈 때는 수만 번의 곱씹음이 필요하다.

사랑은 시간이 지나서야 알 수 있다는 말을 난 몇 번쯤 곱씹었던 걸까. 동상에 걸리도록 추위 속에 한참을 기다리던 그날에도, 혹시 시간이 지나면 내 사랑이 달리 기억될 수 있지 않을까 기대하며 그 말을 되뇌지 않았을까.

당신에게도 절대 잊히지 않는 말들이 있을 것이다. 수없는 되뇌임에 아로새겨진 순간의 말들. 작은 말 한마디와 사소한 순간들을 되뇌고 그래서 잊히지 않는 장기기억으로 남는 것, 그것이 시간이 지나서야 알 수 있는 '진정한 사랑'의 의미가 아닐지 생각해 본다.

자존심도 추위도 상관없었던 스무 살의 그 애는 30대가 되었다. 강렬한 이끌림과 현실적인 재단의 혼재 속에서 사랑의 의미는 혼탁해져만 간다. 하지만 다시금 스무 살의 그때의 아이에게서 배운다. 많은 시간이 흘러도 사랑은 역시 사랑이다. 그의 모든 말을 기억하는 것이다.

02

날
—— 알아봐주는
사람

빵 한봉지 사서 집에 총총 돌아가는 중이었다. 무심코 부재중 전화를 확인하고는 그 자리에 멈춰 섰다. 우리는 가끔 그 순간이 일시정지되는 연락을 받곤 한다. 그날의 부재중 전화가 그랬다. 헤어지고 10년 동안 그가 먼저 전화를 건 것은 처음 있는 일이었다.

'무슨 일이 있나?' '술을 마셨나?'

많은 생각이 스쳤다. 10년 전 이별이라 미련 같은 건 없었지만 왠지 반가웠다.

"여보세요?"

그의 목소리는 여전했다. 별 일은 없고 안부가 궁금해 전화를 걸었다고 했다. 나이가 들수록 그때처럼 재미가 없다면서. 그런데 이상하게도 그 시절 기억은 놀랄 만큼 생생하다고도 했다. 서로를 몹시나 그리워할 시점은 이미 지난 지 오래이고 그동안 사랑한 사람이 없었던 것도 아니었기에 그저 그 시절의 우리가 그리울 뿐이었다. 함께 갔던 왕대박집 감자탕, 내가 잔뜩 먹고 남겼던 포도껍질. 10년 전 그가 타던 차 번호까지. 우리는 '맞아 맞아 그때 그랬지' 하며 기억의 퍼즐을 맞추며 신나했다.

우리가 첫 이별 후 얼마 안 되어 재회를 했을 때 그 매개체는 나의 일기였다. 한참 싸이월드가 유행하던 시절이라 난 매일 싸이월드에 일기를 적었었다. 그리고 싸이월드에는 그와 나만 아는 비공개 계정이 있었는데 그곳에 가끔씩 편지를 썼었다. 중간고사를 마치고 시험을 잘 보았다고도 쓰고 오늘은 꿈에서 당신을 만나 펑펑 울었다고도 썼다. 하루는 015B 노래에 꽂혀 가사를 적기도 했다.

'안녕은 영원한 헤어짐은 아니겠지요, 다시 만나기 위한 약속일 거야.'

짧은 일기를 쓰고 잠에 들었는데 날 일시정지하게 하는 연락이 걸려왔었다.

"넌 쪼끄만 게 무슨 015B 노래를 알고 그러냐?"

그렇게 우리는 재회했었다. 그도 나와 헤어지고 내내 내 싸이월드를 보았다고 했다. 하지만 같은 이유들로 또 헤어지게 될 테니 연락은 안 하려 했다고. 하지만 015B 노랫말을 본 순간 전화를 안 할 수가 없었다고 했다.

영화 같은 재회에도 우리는 또 이별을 했지만 이렇게 반갑게 다시 인사할 수 있는 사이가 되었다. 그렇게 얼마 후 우리는 밥 한 끼를 함께했다.

울고불고 매달렸던 옛 연인과 10년 만에 마주했을 때 든 가장 큰 감정은 반가움이었다. 그날 집 앞에서 동상이 걸려 몇 년은 고생했다고 말하며 나는 웃었다. 우리는 그동안 살아온 이야기 반, 우리가 함께 했던 이야기 반, 이야기를 나누며 즐겁게 식사를 했다.

많은 시간이 흘렀는데도 그는 나에 대해 잘 알고 있었다. 좋아하는 드라마를 말하자 그 색채, 음악, 분위기가 딱 네 스타일이라고 했다. 요즘 만나는 남자에 대한 고민을 말하자, 어떤 부분이 불만족스러웠을지 바로 알아차렸다. 문득 떠올랐다. 언젠가 그가 '나를 왜 사랑해?'라고 물었을 때 했던 대답이.

"그냥, 날 알아봐 주니까."

지루하게 살고 있다는 말에 그는 글을 한번 써보는 게 어떠냐고 했다. 자기는 내 글을 읽는 게 세상에서 제일 재미있었다며 말이다. 헤어진 동안 몰래 봤던 싸이월드 속 편지들이 가슴을 울렸었다고, 문장 구성이나 표현들이 참 좋았다고도 했다.

내가 무슨 글이냐고 손사래를 쳤지만 기분이 좋았다. 글을 쓰는 게 스스로에게도 좋고 다른 사람에게도 좋은 일일 거라는 말에는 가슴이 뛰었다. 아마 사실은 나도 원하는 일이었던 걸까. 그는 10년의 세월이 지났어도 나를 알아보고 있었다.

인생에서 단 한 사람이라도 날 잘 아는 사람이 있다는 것은 내게 큰 의미가 있다. 우리는 작은 선택에도 누군가의 지지를 원하는 연약한 존재이니까. 올겨울 코트 한 벌을 장만하는데도 어떤 색이 나은지 친구에게 묻고 또 물었다. 내 선택에 확신을 얻기 위함이다.

나는 내 자신에 대해서 코트 한 벌 고를 때보다도 더 확신을 갖지 못하고 있었다. 나는 어떤 사람인지, 무얼 좋아하는지, 어렴풋했다.

어느 날 불쑥 걸려온 그의 전화는 '아, 난 그런 사람이었지' 하고 되짚게 하는 계기였다. 일상에 치여 잊고 있었던 일들. 감성적이고, 글을 쓰는 걸 참 좋아하는 아이였다는 사실. 하고 싶은 일엔 주저함이 없었던. 그런 나를 다시 떠올리게 해준 그에게 참 고맙다.

지금은 나의 사람이 아니지만 그런 것과 상관없이 마음속으로 되뇌어 본다.

'고마워, 날 알아봐줘서.'

03

연락과 — 애정의 상관관계

늦은 밤 가끔씩은 일부러 핸드폰 알림을 꺼 두기도 한다. 기다리는 연락에 촉각이 곤두서는 게 싫어서다. 가끔은 특별한 내용 없는 누군가의 문자 한통이 오디션 합격 소식보다 더 기다려진다.

유튜브에 '연락'이란 키워드만 검색해도 '연락 안 하는 남자친구', '남자친구 연락 문제' 등의 키워드가 쏟아진다. 그만큼 사랑하는 사람의 연락을 기다리는 사람이 많나 보다. 문자 한 통마다 통신요금이 부과되던 옛날이라면 차라리 나을까. 핸드폰이 없어 집 앞에 찾아가야 했던 더 옛날이라면 기다릴 일이 없었을까. 연락하기가 너무 쉬운 요즘의 세상이 우리를 더 상처받게 만드는 것 같다.

하지만 연락 문제는 모든 연애의 양상이 그렇듯 상대적이다. 상대에 따라서도 달라지고 내 상태에 따라서도 달라진다. 나 역시 한때는 남자친구가 2~3시간만 연락이 안 되도 화를 내곤 했었다. 앞으로 전화 3번 이상 안 받으면 내가 원하는 선물을 사달라는 조건을 내걸기도 했었다. 내심 안 받아줬으면 하는 마음도 없지 않아 있었는데 전화벨이 울리기도 전에 상대는 전화를 받았다.

하루에 6번 통화를 해도 '우린 너무 대화가 부족해'라고 칭얼대던 20대의 나는 사라져 버렸다. 사랑하는 사람과도 하루쯤 연락하지 않아도 일상을 보낼 수 있다. 오히려 연락이 잘 안 되는 사람이란 투정을 듣기도 한다. 이제는 하루에 6번 통화하면 일상에 지장이 올 것만 같다. 누구를 만나는지 몇 시에 집에 들어가는지 일일이 보고해야 한다면 숨이 막힐 것 같다는 생각도 든다.

우리가 이렇게 연락에 집착을 하는 건 애정을 확인하는 가장 쉬운 지표이기 때문이다. 엄마는 나를 최고로 사랑하는 사람이지만 용건 외엔 전화하지 않는다. 아마 하루 종일 엄마에게 연락이 온다면 버럭 짜증을 낼지도 모른다. 굳이 애정을 체크할 필요가 없는 사이라서 그렇다. 비슷한 맥락으로 오랜 연인도 누가 더 먼저, 더 많이 연락하는지는 크게 중요하지 않아진다. 둘만의 패

턴이 생기고 그 패턴에 익숙해져서이다.

오늘도 연락을 기다리며 지쳐 있는 사람들에게 말해주고 싶다. 연락이 꼭 애정의 척도는 아니라고. 그 기준은 참 상대적이라고. '확인'보다 중요한 건 그 자리에 있을 '사랑'이다. 어쩌면 확인하려 할수록 그 마음이 도리어 멀어질지도 모른다. 하루 종일 연락하고 싶은 내 마음처럼, 일과 중엔 일에만 집중하고 싶은 상대의 마음도 배려해 주는 게 필요하다.

뭐 이렇게 잘난 척해도, 핸드폰 열었을 때 기다리는 문자 한통와 있다면… 좋겠다!

04

클리셰가 — 필요한 순간

'살면서 후회할 일이야 많지만 그 아쉬움과 미련이 돌덩이처럼 남았을 때, 그 선택을 되돌릴 수 있다면.'

2010년 개봉한 영화 'Letters to Juliet'은 용기를 내지 못했던 대가로 첫사랑을 놓쳤던 한 여인이 50년이 지나 다시 첫사랑을 찾는 내용을 그린다. 영화의 배경은 '로미오와 줄리엣'으로 유명한 이탈리아 베로나. 그곳에는 줄리엣의 집이 있고 저마다 가슴 아픈 사랑의 사연을 가진 사람들이 이 집에 편지를 보낸다.

특이하게도 이 집에는 편지에 답장을 해주는 일을 하는 사람들이 있다. 여행 차 줄리엣의 집에 들렀다 우연히 답장하는 일에 동참하게 된 주인공 소피는 미처 발견되지 못했던 50년 전 편지에 답장을 하게 된다. 그리고 그 답장을 받은 '클레어'라는 여인이 첫사랑을 찾기 위해 다시 베로나를 찾는다.

영화는 아름답지만 현실적으로 생각해 본다. 풋풋했던 10대의 첫사랑을 백발이 다 되어 만났을 때 어떤 기분일지. 반가움보다는 실망감이 크진 않을까. 주름진 얼굴에 환상이 깨지지는 않을까. 하지만 영화 속 주인공들은 '사랑에 늦었다는 말은 없소'라는 대사와 함께 서로를 알아본다. 그리고 '그들은 행복하게 살았답니다'라는 동화 같은 결말을 보여준다. 뻔한 스토리가 아름답게 느껴진 건 그 진부함이 오히려 특별한 세상 속에 살고 있기 때문일 것이다.

한때는 타이타닉 속의 로즈처럼 상대를 평생 애틋하게 기억하는 것이 '오히려 이루어진 사랑'이 아닐까 생각했다. 설레고 뜨거웠던 순간이 박제되는 것. 그것이 양말을 빨래통에 넣네, 안 넣네 하며 싸우는 것보단 아름답다고 느껴서였다. 하지만 그런 내게 엄마는 누군가를 곁에 두고 '애틋한 기억'을 품고 사는 것이 모두에게 얼마나 큰 비극이냐고 말했다.

'열렬히 사랑해 결혼을 했고 그 후로 평생 행복하게 살았답니다.'

우리가 통속적이라 여기는 일들이 통속이 된 데는 분명 이유가 있을 것이다. 사랑의 성공에 결혼이란 통속이 없다면 우린 끝도 없이 다른 사람을 가슴에 품은 채 살아가는 비극 속에 있을 것이다.

쿨한 척하는 나지만 사실은 뻔한 결말을 원한다. 뒷짐 진 그의 손에 꽃다발이 들려 있진 않을까 기대하고, 때론 유치한 고백이 듣고 싶어진다. 그리워했던 옛 연인과 마주했을 때도 그렇다. 상대의 눈빛에서 나를 향한 그리움의 정도를 알아채려 하고 사실은 많이 보고 싶었다고, 다시 만나고 싶다고, 우리 다시는 헤어지지 말자고, 그런 유치한 대사가 간절해진다.

우리는 흔히 애인에게 날 사랑하냐고 묻곤 한다. "응"이란 대답도 성에 차지 않아 "얼마큼?"이라며 확인하듯 캐묻기도 한다. 그날 나도 그렇게 물었다. "하늘만큼 땅만큼"이라는 답을 들으며 "진부하지만 듣기 좋네"라고 답하자 그는 "날 사랑하냐고 물어보는 것도 클리셰잖아"라고 말했다.

클리셰cliché, 진부한 표현을 가리키는 문학적 용어.

사랑에는 그런 클리셰가 반드시 필요한 순간이 있다. 어떤 말로도 대체할 수 없는 단어들이 있다. 내 사랑은 문학이 아니기에 클리셰가 가득하다면 좋겠다. 동화 같은 뻔한 결말이라면 좋겠다.

05

순수함을 — 향한 노스탤지어

집 청소를 하다 예전에 쓰던 집 전화기를 발견했다. 요즘이야 집 전화를 쓰는 집이 잘 없지만 2000년대 중반만 해도 집 전화기는 필수품이었다. 특히나 내 전화기는 문자기능까지 있는 최첨단 아이템! 옛날 물건이 신기해 전원을 연결했다. 그렇게 발견한 문자 메시지.

"5분만 더 통화하면 안 돼?"

새벽 3시의 문자 한 통.

마음이 일렁였다. 손때 묻은 전화기만큼이나 긴 세월을 지나 다시 온 문자. 나른한 오후의 나를 그 시절로 데려다 놓았다. 반짝였지만, 그 젊음이 예쁜 줄도 몰랐던 스물세 살의 나. 취업을 위해 마케팅 동아리에 들어갔지만 정작 공부보단 새로운 연애에 열심히였다.

검은 목폴라, 단정한 코트, 여유 있게 얘기하며 스며드는 미소까지. 그의 첫인상에 반해 우리의 연애는 시작되었다. 그와 나는 여느 20대 초반의 연인이 그렇듯 매일매일 만났지만, 동아리에 가는 날은 특히 집에 늦게 들어가도 혼나지 않는 날이었다. 모임이 끝나고 이미 새벽인데도 아쉬움에 집앞에서 한참을 머무르곤 했었다. 집에 들어와 새벽 3시가 넘어 그가 내게 보낸 문자.

'5분만 더 통화하면 안 돼?'

짧은 문장이 참 아득하게 느껴졌다. 모든 감정에 솔직했던 시간. 서툴렀던 청춘의 날들이 스쳐갔다. 집 전화기가 신기한 물건이 될 만큼 오랜 시간을 거스른 날들이었다. 몽글몽글 반가웠다. 한편으론 그때와 나는 얼마나 달라졌을까. 궁금해졌다.

이제는 피곤함을 이기는 설렘이 두렵고, 가슴 뛰는 열정엔 겁이 난다. 스스로를 감추는 것에 익숙해지고 어느 때는 진짜 내 모습이 뭔지 헷갈리기도 한다. 그 시절엔 팔팔 뛰는 생물처럼 반응했었는데 이제는 모든 것에 무뎌짐을 느낀다. 감정의 진폭이 작아져서일까. 아니면 감정을 느끼는 것이 두려워서일까. 애틋한 사랑도 바래진다는 걸 알았기에. 그 경험들을 학습해버렸기에.

그러면서 나 자신까지 빛바랜 사람이 되어버린 것 같다.

순수하게 마음을 다한다는 것이 어려워진 나이. 고작 30대의 우리들은 술 한 잔 마시며 인생에 순수함은 딱 한 번뿐이었다며, 이제 다시 되찾기는 힘들 것 같다고 말한다. 느끼는 감정을 여과 없이 전달하기. 좋으면 좋다고, 싫으면 싫다고 말하기. 그래선 안 된다고 누구에게 크게 혼이 난 것도 아닌데 참 어렵다.

하지만 20대 초반에는 그 반짝임을 스스로 몰랐듯. 오늘의 이 순간도 어리고 예쁜 날들이지 않을까. 가림막은 걷어치우고 민낯으로 조금 더 부딪혀 봐도 괜찮지 않을까.

누군가 말했다. 인간에게 가장 강력한 감정 중 하나는 '노스탤지어 Nostalgia'라고. 지금 떠오르는 감정이 딱 '노스탤지어'인 것 같다. 그 시절의 나에 대한 '향수'. 모순적이게도 그때의 나와 더 멀어질수록 향수는 깊어만 간다.

조금만 솔직해져 보는 건 어떨까. 오늘만큼은 그 마음으로 돌아가 볼이 뜨거워지도록 밤새 통화를 하고 싶다. 내일 회사를 출근해야 하건 말건, 그런 건 신경 쓰지 않고.

06

멍청해서 — 내가 좋다던 너

어렸을 때의 나는 완벽주의와 강박증이 있었다. 허술한 모습을 들키는 게 싫었다. 완벽해야만 사랑받을 수 있다고 믿는 아이였다.

어릴 적 피아노 학원을 다닐 때도 마찬가지였다. 대충 몇 번 치고 열 번 다 쳤다고 거짓말을 할 법도 한데 꾸역꾸역 열 번을 치며 울기도 했다. 아무리 하기 싫어도 스스로와의 약속을 저버리는 건 용납할 수 없는 일이기 때문이었다.

하지만 그런 완벽주의 성격과 달리 난 실수투성이였다. 멀쩡하던 물건도 잘 고장냈고 돌부리도 없는 길에서 혼자 넘어지기도 했다. 시사상식에도 문외한이었다. 그래도 그런 모습을 다른 사람들은 몰랐으면 했다.

그렇게 아닌 척 살아가던 어느 날, 검은 목폴라의 남자친구를 만나게 된 것이다. 그는 나와는 참 다른 사람이었다. 이미 본인은 가진 게 많다고 생각해 조급해 하지도 않았다. 항상 “우리는 이미 대한민국 행복 상위 1%야!”라고 말하며 내 손을 치켜들었다.

하루는 데이트를 하다 함박 스테이크를 먹으러 갔다. 김이 모락모락 나는 순간을 남기겠다며 그 친구는 영상을 찍었고 나는 함박을 싼 은박지를 풀었다. 그런데 서툰 나이프질 탓인지 잘 되지 않았다. 난 카메라를 힐끗 거리며 눈치를 보았다. 그 친구는 “눈치 보는 게 너무 귀여워!”라며 내 얼굴을 쓰다듬었다.

살아가면서 실수를 할 때면 그 순간이 떠오른다. 혼나지 않을까, 다른 사람이 내게 실망하지 않을까 긴장이 될 때. 서툴러서 오히려 사랑받던 기억에 마음이 따스해진다.

남들 다 아는 시사상식을 모를 때면 “우리는 너무 무식해, 그게 더 귀여워 보여서 너무 좋아”라고 말해주던 사람. 우산도 꾸깃꾸깃 접을 때면 이리 줘보라며 다시 반듯하게 감아주던 사람. 그 기억은 나를 참 많이 바꿔놓았다. 실수투성이인 내 모습이 좀 귀엽지 않을까도 생각한다. 무엇보다 대단한 사람이 아니라도 사랑받을 수 있다는 믿음 같은 게 생겼다. 내가 나를 사랑할 수 있게 된 것이다.

하루 종일 누구에게든 잘 보이려 피곤했던 오늘 같은 밤이면, 그 기억을 들춰내며 슬픈 위로를 받는다.

보고 싶다.

멍청해서 내가 좋다던 너.

07

아프지 않아서 — 사랑인 줄 몰랐어

술 한 잔 하고 집에 들어가는 택시 안에서 친구가 뜬금없이 물었다.

"가장 상처받은 기억이 언제야?"

잘 기억이 나지 않았다. 처절하게 상처받은 적이 분명 있었던 것 같은데, 구체적인 상황이 잘 꺼내어지지 않았다.

"원래 상처받은 건 잘 잊혀지는 것 같아, 내가 준 상처가 더 가슴에 남지."

내 말에 친구도 "맞다, 맞다"라며 고개를 끄덕였다. 상처받은 순간에는 그 아픔이 영원할 것만 같다. 소중한 사람을 잃었다는 상실감. 믿었던 사람에게 외면받은 배신감. 내 자신까지 흔들리는 초라함. 하지만 상처는 시간 앞에 나약했다. 통증은 증발되고 흉터만이 남는다. 가끔씩 어떻게 생긴 흉터인지 되짚지 않으면 기억도 나지 않을 만큼.

그런데 이상하게 상처를 준 기억은 잘 날아가지 않는다. 돌아선 건 나였는데 시간이 지날수록 더 쓰라리다. 상처받은 사람은 줄 수 있는 모든 마음을 주고 상대를 날려 보냈을지 모르지만 돌아선 사람은 오히려 그 자리에 서 있다. 이미 괜찮아졌을 그 사람을 걱정하고 때로는 이제 정말 아무렇지도 않은 걸까 서운해한다.

시트콤 드라마처럼 우리의 연애는 순조로웠다. 기념일을 열심히 챙기고 싶다는 내 말에 사귄 지 22일된 날 분홍 장미 22송이를 들고 뛰어오던 그의 모습이 생각난다. 작은 싸움은 자주 있었지만 그 역시 평화로운 나날이었다. 그는 기념일마다 예쁜 꽃과 손 편지를 선물했다. 편지의 길이는 점점 줄어들었지만 마지막 말은 항상 '오늘보다 내일 더 사랑해'였다.

그 말이 좋긴 했지만 나는 온 마음으로 그 사랑을 받아들이지 못했다. 우리의 만남은 너무나 순탄했기에 사랑이 아닌 것만 같았다. 모난 내게 사랑이란 끙끙 앓는 열병이어야 했다.

그는 새로 산 하얀 운동화 같은 사람이었다. '슬픔'이나 '외로움'이 뭔지 느껴본 적이 없다고 했다. 그런 네가 사랑을 알까 생각했다. 새 운동화에 꾹 발자국 하나 내주고 싶은 심술이 났다. 오늘보다 내일 더 나를 사랑해주겠다는 상대를 나는 무시하고 있었다. 고통의 열병이 없는 관계가 밋밋하게 느껴졌다.

오랜 시간이 흐른 후에야 알았다. 그저 내가 사랑을 사랑인 줄 몰랐을 뿐이었다. 그 따스함을 다 잃은 후에야 깨달을 수 있었다.

평화로웠던 오늘이 당신은 왠지 밋밋하게 느껴졌을 것이다. 즐거운 일 하나 없고 드라마 다음 편을 기다리는 게 가장 큰 낙이라 말하면서. 옆에 앉은 사람을 바라보며 '이런 게 사랑인가, 이렇게 사는 게 맞는 건가' 볼멘소리를 했을지 모른다. 하지만 그런 푸념마저 아픈 그리움이 없는 날들이기에 내뱉을 수 있는 거라고 말하고 싶다. 단조롭다고 해서 행복하지 않은 날이 아니다. 평범함과 소중하지 않음을 착각해서는 안 된다. 아프지 않아서 사랑인지 모르는 실수를 하지 않도록. 따뜻한 날들의 소중함을 통감하지 않도록.

08

설렘보다 — 더 설레는 유대감

연리지連理枝는 뿌리가 다른 나뭇가지가 서로 엉켜 한 나무처럼 자라는 현상을 말한다. 매우 희귀한 현상으로 남녀 사이 애정이 진한 것을 비유하기도 한다. 어린 시절의 나는 설렘이 지나간 자리가 두려웠다. 그래서 어느 날은 연인에게 물었다.

"우리가 더 이상 설레지 않는 날이 오면 어쩌지?"

그는 말했다. 설렘이 끝나면 소중함과 편안함이 그 자릴 채울 거라고. 안심이 되는 말이었지만 잘 상상이 되지는 않았다. 확신을 주려는 상대의 노력에도 난 마음을 쉽게 열지 못하고 돌다리를 두들겼다. 어느 날은 내가 영 상대를 좋아하는 것 같지 않아 몰래 등을 돌렸다. 어느 날은 상대가 변해버린 것 같아 실망하기도 했다. 또 어떤 날은 밤새 떼를 쓰고 새벽녘이면 이런 날 떠나갈까 후회를 했다. 그럼에도 그 자리에 있음을 확인하는 그 과정을 수십 번쯤 반복하고 나서야 조금 안도했다.

그렇게 돌다리를 건너는 사이 설렘은 조금씩 흩날려갔다. 그 자리를 채우는 가치들이 분명 있었지만 잘 보이지 않았다. 혼자 몰래 딴 생각을 한 날도 있었다.

많은 시간이 흐르고 생각해 본다.

'세상에서 가장 강력한 감정은 뭘까?'

'소중함'이란 단어가 떠올랐다. 설렘도 분노도 기쁨도 슬픔도 모두 시간이 지날수록 사그라든다. 아무리 강렬한 일의 흔적도 시간이 지나면 옅어진다. 그런데 이 소중함이란 건 시간이 지날수록 더 깨달아진다. 되레 함께하는 순간에는 잘 보이지도 않다가 되돌릴 수 없을 때가 되어서야 절절히 깨닫게 된다. 단위 순간의 온도가 가장 뜨겁지 않지만 결국 살아남는 감정이 소중함이라는 생각이 든다.

서로 연결되어 있다는 느낌, 의지가 된다는 안도감. 이런 것들을 돈을 주고 살 수 있다면 얼마라도 주고 사고 싶다.

모호했지만 애타게 고팠던 감정은 바로 소중한 이와의 유대감이었다. 시간의 흐름에 우릴 내맡기고서야, 돌다리를 쾅쾅 구

르길 수십 번 반복하고서야 비로소 얼굴을 내밀까 한 감정. 그런 감정이 짜잔하고 나타나길 기대하는 건 욕심이었다는 걸 깨닫는다.

뿌리가 다른 나무가 서로 엉키는 아주 희귀한 현상, 연리지가 인간 세계에선 '유대감'으로 나타나는 게 아닐까. 오랜 기억과 일상을 함께 하는 연리지가 곁에 있다면 잠시 눈을 감고 기대어 보자. 그 튼튼한 나무에 기대어 안도하는 순간이 인생에 가장 큰 행복일 테니까.

09

우리는 — 잘 맞았다는 오해

'응 나도 좋아! 피자를 먹자.'

속이 좀 느끼해서 양푼에 열무비빔밥을 비벼먹고 싶었는데. 그냥 피자가 좋다고 했다. 억지 노력은 아니었다. 그냥 함께 맛있게 먹을 수 있는 걸 고르는 게 마음이 편했다. 열무비빔밥이야 내일 엄마랑 먹으면 되지!

최근에 깨달은 것이 있다. '아 우린 정말 잘 맞아'라고 생각했던 관계 뒤엔 상대의 희생이 있었다는 것이다. 이 세상에 딱 맞는 퍼즐은 없는데, 어릴 땐 그런 퍼즐이 있는 줄 착각했었다. '어쩜 우린 이렇게 똑같을까' 했던 감탄은 상대가 모두 내게 맞춰줬기 때문이란 걸 그때는 몰랐다.

사소한 먹는 것(사실 사소하진 않은)만이 문제는 아니었다. 내 멋대로 굴어도 부딪힘이 없으니 순탄하다 느꼈다. 관계가 내 위주로 흐르고 있다는 것도 몰랐다. 힘든 날이면 투정을 쏟아냈다. 받아주지 않으면 응석을 부렸다. 항상 나는 힘든 사람. 상대는 편안한 사람. 내 투정을 품어 주기 위해 넓은 그릇을 자처했다는 걸 그땐 몰랐다.

어제는 친한 언니에게 남자친구와 크게 다퉜다며 연락이 왔다. 언니는 남자친구를 '철저히 자기 위주'라며 비난했다.

'자기 바쁜 게 최우선. 본인이 있는 곳으로 와주는 게 당연한, 힘든 일은 남이 도와주는 상황에 익숙한.'

비난 속의 그 모습이 어릴 때의 나와 참 닮아 있었다. 그래서 언니에게 일장연설을 늘어놓았다. 모든 관계라는 건 완벽하게 맞을 수 없고. 한쪽이 조금 더 노력을 해야 한다고. 더 맞춰줘야 되는 입장도 돼보니 꼭 나쁜 것만은 아닌 것 같다고. 조금씩 더 편안해하는 상대의 모습을 바라보는 게 기쁨이라고 성숙한 척을 했다.

정말이지 어릴 땐 '져주는 게 이기는 거다'란 말을 이해하지 못했었다. 조금이라도 밑지는 상황이 싫었다. 준만큼은 받고 싶었고 솔직히는 준 것보다 더 받고 싶었다. 내 맘대로 돌아가지 않는 관계에 불편함을 느꼈다. 화가 나는 일이 있을 땐 이기심이 더 심했다. 분풀이를 하고 그래서 이겼다 여긴 그 순간, 지독하게도 유치했다.

날 품어주던 넓은 바다를 떠나서야 이곳저곳에 부딪혀 볼 수 있었다. 처음엔 너무 아프고 당혹스러워 매일을 절망했다. 난생 처음 듣는 이기적이란 비난이 따가웠다. '난 그런 사람 아닌데'라며 인정하지 못했다. '그저 안 맞는 사람을 만났구나. 어딘가에 또 잘 맞는 사람이 있겠지'라며 자기 위로를 했다.

요즘은 매사에 '그럴 수도 있지'라고 생각한다. 욱하고 성질이 날 때면 조금 있다 이야기하자며 말을 멈춘다. 한숨 자고 일어나면 다 별거 아닐 뿐. 어떤 날은 화가 나도 져주고, 어떤 날은 피곤해도 상대가 있는 곳으로 달려가며 행복을 느낀다. 상대는 내 이런 노력을 모른 채 '우리는 너무 잘 맞아'라고 착각을 하든 말든. 모든 진심은 언젠간 깨달아지니까.

10

진짜 — 사랑을 주는 방법

'예전부터 마음에 들어오면 돌진이지. 먹고 싶은 건 꼭 먹어야 하고, 좋은 사람 꼭 봐야 하고, 아주 멋쟁이지.'

오랜만에 연락이 닿은 친구가 말했다. 민망한 기분이 들었다. '그런 면이 때론 주위 사람들을 힘들게 한다는 걸 알고 있다'고 답했다. 친구는 진심이란 게 사멸되어 가는 세상에 너에게서 느껴지는 모든 건 진심이니 얼마나 소중하냐고 했다. 돌이켜보면 그랬다. 보고 싶은 사람은 꼭 봐야 했고, 하고 싶은 일은 어떻게든 행동에 옮겼다. 그게 순수한 열정이라 믿었다. 내 열정의 크기를 들이대며 나만큼이 아니라고 서운해 했다.

연인이 보고 싶은 늦은 밤이면 어떻게든 방법을 찾았다. 초보

운전 때 엄마 몰래 차를 끌고 고속도로를 달리기도 했다. 네비게이션도 없던 시절, 꼬깃꼬깃 종이에 길을 적어갔던 기억이 난다. 등에 식은 땀이 줄줄 난 채로 도착해 상대를 안으며, 그것이 '사랑'이라고 생각했다. 다음날 상대는 아침 일찍 일정이 있다고 했지만, 잠시 얼굴을 보러 온 것이니 잘못이 없다고 생각했다.

그런데 언제부터였을까. 그날 같은 열정이 부끄러워졌다. 저질렀던 많은 '무작정'이 이기심이었다는 걸 알았다. 언제나 그 관계에 최선을 다했다고 생각했지만, 내 감정에 최선을 다했을 뿐이었다. 어쩌면 상대는 내 최선에 힘들었을지도 모른다.

내 감정을 쏟아내는 건, 마치 나에게 필요한 걸 남에게 선물하는 것과 같다는 생각을 했다. 얼마 전 친구 집에 놀러가 몇 년 전 선물한 주방 소품이 부엌에 방치된 모습을 보았다. 내 딴에는 필요한, 좋은 선물이라는 확신이 있었는데 별로 쓰이지 못하고 있는 것을 보고 부끄러웠다. 내 기준보다는 상대가 원하는 게 무엇인지 고민했다면 그 선물도, 내 진심도 더 쓰임이 컸을 텐데 말이다.

'뜨거운 진심'이 늘 기쁨이 되는 것은 아니다. 상대를 버겁게 하는 마음은 관계를 빛나게 하지 못한다. '이만큼이나 잘해줄 수 있다'는 열정은 '자아도취'일 뿐이다. 거기에 보상심리마저 생긴다면 더욱 문제다.

이제는 누군가에게 꼭 필요한 선물을 주고 싶다. 당장의 내 마음보단 상대의 필요를 생각할 줄 아는 현명함을 갖고 싶다. 그런 마음이야말로 진짜 사랑을 주는 방법일 테니.

11

누가 뭐래도
—— 예쁜
내 꽃밭

'난 너를 어떻게 그렇게 믿을 수 있었나.'

추운 겨울 집에 터벅터벅 걸어오는 길. 내가 좋아하는 이 길에선 왠지 생각이 많아진다. 밤이면 더욱 그렇다. 오늘은 문득 그런 생각이 떠올랐다.

'어떻게 너를 그렇게 믿을 수 있었을까.' 논리적으로 설명 안 되는 믿음. 그건 확신이었다.

몇 년 전 사랑하는 사람이 안 좋은 소문의 중심에 선 적이 있었다. 소문에는 살이 붙어 모두들 그를 손가락질했다. 그 옆의 나 역시 뜨거운 감자가 되었다. 동정 어린 눈길도 있었다. 그 시선이 견디기 힘든 고통이기도 했다. 하지만 나는 말했다. 그가 좋은 사람이라는 내 믿음에는 변함이 없다고. 주변 사람들 모두 놀랐고 나 스스로도 놀랐다.

"넌 좋은 사람이라는 확신이 있구나, 그건 참 좋은 것 같아."

의아함을 뒤로한 채 친구가 말했다. 나는 사람들의 시선을 지나치게 의식하는 사람이었다. 사소한 지적 한마디도 곱씹는 성격. 특히나 연인에 대한 말은 더 신경을 썼다. 그런 내가 사람들의 수군거림을 뒤로 하고 그를 믿고 있었다. 아니 그냥 믿어졌다. 친구의 말대로 좋은 사람이란 확신이 있었다.

오래전 그 믿음이 따뜻한 차 한 잔과 닮았다는 생각이 들었다. 따끈한 물에 찻잎을 띄우면 굳이 젓지 않아도 금세 차가 우러난다. 아무 노력하지 않아도 자연스레 퍼지는 것. 내게 믿음은 그런 거였다. 주저할 겨를 없이 나를 물들였다.

그는 연인이기에 앞서 내 오랜 친구였다. 오랜 친구가 힘든 순간에 놓였는데 함께 하는 건 당연한 일이었다. 수군대는 사람들을 보며 생각했다. '너희들은 이런 마음 못 가져봤지?' 난 으스대고 싶었다.

그런 믿음이 무색하게 우리는 헤어졌지만 믿음이 흔들려선 아니었다. 사랑이 끝나도 우정이 있었다. 많이 고마웠다고 누가 너처럼 날 믿어줄지 모르겠다고 그가 말했다. 고마움의 깊이를 알기에 눈물이 났다. 하지만 그런 믿음 모두 네가 만들어준 거니까 나도 고맙다고 말했다. 우리의 마음엔 꾸밈이 없었다.

믿음이 있는 날들에는 따뜻한 햇볕이 있다. 내 인생에서 가장 화사했던 시간. 만개한 봄꽃 같은 그런 날들이다. 햇볕 쨍한 어느 날 꽃밭에서 찍은 사진이 있다. 사진은 밋밋한 평면으로 남아 있지만 그 순간은 분명 살아있는 날들이었을 것이다. 그 시간은 사진 속 꽃밭보다 아름다웠다. 그 누가 뭐라 해도 어여쁜 청춘의 날들. 어딜 가도 자랑하고 싶은 나만의 꽃밭이었다.

확신이란 건 믿을만한 일을 믿을 때 붙이는 말이 아닌 것 같다. 믿기 힘든 일 앞에도 자연스레 생기는 마음. 따뜻한 물에 녹아버리는 찻잎처럼 막을 수 없는 번짐. 그런 마음을 가져볼 수 있어서 참 감사하다고 느낀다.

누구에게나 한 번쯤은 그런 마음을 마주하는 날이 있을 것이다. 아마도 기대하지 않았던 순간, 예상치 못했던 일과 함께. 믿음이란 건 대개 평온한 날들보단 위태로운 시간에 더욱 그 굳건함을 확인할 수 있기에.

확신을 느끼는 순간은 어쩜 보통의 날들보다 훨씬 아픈 날일지 모른다. 조금만 연약함의 고삐를 풀면 믿음보다 아픔이 훨씬 더 크게 느껴질 만큼. 하지만 분명한 건 아픈 날은 언제고 또 오더라도 확신이 서는 순간은 언제 다시 찾아올지 모른다는 것. 그토록 소중한 감정이라면 아픔 따위 기꺼이 감내하며 감사할 수 있어야 하지 않을까.

누구에게나 찾아오지도, 언제나 느낄 수도 없는. 그런 나조차도 의아한 확신을 느꼈다면 마음속에 꼭 새겨 두길 바란다. 두고두고 당신을 지킬 단단한 기둥이자 찬란하게 아름다운 꽃밭이 될 테니까.

어느 카페 벽에 붙어 있던 한 문장이 떠오른다.

'너무 우아하고 아름다워, 마음속에 꼭 간직하고 있는 것들은 고통에서 나온 것이기도 하다.'

12

연연하긴
—— 싫지만
간직하는 건
—— 좋아

매사에 늘 자신감 넘치는 지인이 있었다. 바람둥이 기질도 다분해 보이는 오빠였다. 8년이나 사귄 애인이 있는데도 밖에서는 솔로 행세를 했다. 나야 친한 후배니 웃어 넘기면 그만이었지만, 애인은 얼마나 속이 상할까 싶었다.

하루는 사람들과 노래방에 가게 되었다. 옛날 발라드에 심취해 소리를 질렀다. 오빠도 고음불가지만 열심히 노래를 불렀다. 그런데 어떤 한 곡에서 이상한 분위기가 느껴졌다. 내내 웃던 오빠가 눈물을 훔치고 있었다.

"사람마다 다 건드려지는 구석이 있나 봐."

흐르는 눈물을 닦으며 오빠는 머쓱하게 웃었다. 이유가 궁금했지만 묻지 않았다. 왠지 알 것도 같았고 모를 것도 같았다. 다음에 다시 만난 자리에서 오빠는 묵혀둔 이야기를 꺼내놓았다.

본인의 표현을 빌리자면 10년 전쯤 스스로의 '지랄병' 때문에 결혼까지 약속했던 여자를 차버렸다고 했다. '그냥 이렇게 장가가도 되는 건가, 더 놀아야 되는 거 아닌가' 하는 생각에. 그리고 수년을 후회하다 어느 날 우연히 그녀를 보았을 때 무작정 뒤를 쫓았다는 이야기도 했다. '이제는 서로를 놓아주자'는 그녀의 마지막 답장을 말할 땐 참 별 얘길 다한다면서 또다시 눈이 붉어졌다. 내 마음까지 시큰거려왔다.

그날 그 오빠의 눈물처럼, 아무렇지 않은 척하는 사람들이 진짜가 아니라는 걸 알아지는 일이 많아졌다. 모두 태연히 살아가지만 가벼운 자유연애를 즐기는 사람도, 가정을 꾸리고 살아가는 사람도 '다 아린 기억 하나쯤 품고 사는구나' 깨달아졌다.

위안이 되었다. 나만 미련한 게 아니구나 싶어서 다행스러웠다. 함께 부르는 노랫말이 그들에게도 위로가 되었겠지? 그냥 서로의 옆에 앉아 있을 뿐이었지만 말이다.

이따금 옛사랑 이야기에 눈물을 흘린다고 우리의 감정에 '연연'이란 말을 붙일 수는 없다. 다만 추억할 뿐이다. 그것이 집착이 아니라 어여쁜 간직임을 선배의 눈물에서 배웠다.

다 비워내야 한다는 철저함이 되레 '연연'에 가까울 수 있다. 가끔씩은 꺼내보며 살아도 괜찮지 않을까. 이 문장을 읽는 지금 이 순간만이라도 꽁꽁 넣어둔 기억을 풀어봐도 좋다고 말하고 싶다.

13

주고받은
── 삶의
조각들

"그 시간들이 다 날아가 버리는 것만 같아."

누군가를 잃는다는 건 그 사람과 함께한 시간 자체가 날아가 버리는 거라고 생각했다. 그 시간 속엔 상대만 있는 것이 아니라 간직하고 싶은 자신이 들어 있으니 모두 놓아주어야 한다고 생각했다. 인생의 일부분이 삭제되는 듯한 허망함이 있었다. 한 선배는 헤어지더라도 그 시간들은 그냥 그 자리에 있는 거라고 말했지만 잘 공감되진 않았다.

그것이 사랑이었는지는 시간이 흐르고 나서야 알 수 있듯 이별의 의미도 시간이 흐를수록 명확해진다. 어떤 사랑은 타오를 듯 열렬했음에도 아무런 잔재를 남기지 않는다. 헤어지길 잘했

단 판단만이 남기도 한다. 반면 어떤 사랑은 시간이 지날수록 되레 그 깊이를 더한다. '되돌릴 수 있다면'이란 생각을 수백 번도 더하게 한다. 헤어진 후에도 그 시간들이 날아가 버리는 게 아니란 선배의 말도 두고두고 깨달아졌다.

정말이지 소중했던 기억은 날아가지 않는다. 오히려 날아가 버렸으면 싶을 만큼 진득히 남아 우리를 괴롭힌다. 지금 비록 차 한 잔 같이 마실 수 없는 사이라 하더라도 아예 남이 되는 것은 아니었다. 내 인생의 일부를 떼어간 사람이기에 그렇다.

우리는 살면서 만나는 사람들에게 저마다 알맞은 크기의 인생 조각들을 나눠준다. 나 또한 누군가의 조각을 받으며 살아가고 있다. 헤어지고 남처럼 살아가더라도 나를 채우는 건 분명 그 크고 작은 조각들일 것이다.

내 안을 채우는 큰 조각으로 남아 있을 사람. 우리가 결국 이렇게 되었지만 많이 힘들 때 서로로 인해 그 시간들을 버틸 수 있었다. 우리가 결국 이렇게 되었지만 함께했기에 평범했던 날들이 반짝일 수 있었다. 항상 고맙고 또 잊기 힘들 것이다.

사랑으로 즐겁고 사랑으로 버텨냈던 시간들이 모여 오늘의 나를 만든다. 기억상실증에 걸려 그 기억을 모두 잊는다 해도 그 시간이 날아가 버리지는 않는다. 모든 조각들이 모여 오늘의 내 생각과 성격과 시선과 말을 만들었기에, 그 시간들이 날아갈 일은 없을 것이다.

하루는 유부녀인 선배 2명과 술자리를 같이 했다. 술기운이 오르자 다들 이런 저런 얘기를 털어놓았다. 이제는 옛사랑이 전생처럼 느껴진다며 선배는 울었다. 가끔씩 많이 보고 싶고, 사무치게 미안하다고 그녀는 말했다. 하지만 엄마를 기다리고 있다는 아기의 전화에 눈물을 훔치며 부지런히 귀가하는 선배를 보며 생각했다.

'아, 선배의 마음도 주고받은 조각들로 채워져 있구나, 그 시간은 날아가는 게 아니었구나.'

내 마음속엔 어떤 모양의 조각들이 채워져 있을까.

외롭다 느꼈던 삶이 따스해질 수 있었던 시작, 스스로를 속박하던 삶이 자유를 꿈꾸게 된 동기. 이런 거창한 말들 다 집어치우고, 내가 어떤 사람인지 알게 된 모든 과정들이 함께 나눈 조각들이라 생각해 본다. 그 시간은 정말이지 날아간 게 아니었다.

14

완벽한 이별의 끝

오랜만에 주량 이상 과음을 했다. 평소 같으면 냉큼 집으로 도망쳤을 텐데, 한 잔 더 하자고 먼저 말을 꺼냈다. 그런데 취기 탓인지 흘러나오는 명곡 때문인지 슬픈 기분이 올라온다. 이 노래는 김광진의 '편지.'

'여기까지가 끝인가보오. …… 진정 행복하길 바라겠소. 이 맘만 가져가오.'

어떻게 이런 노랫말을 만들었을까. 어쩜 이렇게 사람의 마음을 응축할 수 있는 걸까. 감탄을 거듭했다.

"정말 이제 이별을 받아들이는 때인가 봐요."

함께 음악을 듣고 있던 선배에게 말했다. 이런 옛날 노래를 네가 어떻게 아냐며 선배는 눈이 동그래졌다. '심리학적 접근이네' 하고 웃음을 터트리기도 했다. 대학 교양 시간에 배웠던 '이별의 단계'가 생각이 났다. 처음엔 부정하고 화를 내다 '순응'에 이르는 것. 김광진의 편지는 이제야 내려놓은 마음을 담은 듯했다.

그리고 몇 가지 장면이 불쑥 떠올랐다. 하루는 침대맡에서 '우리가 헤어지다니, 말도 안 돼'라며 머리를 쥐어 뜯고 울었다. 그 웃음이 더 이상 내 것이 아니고, 다시는 볼 수 없다는 게 황망했다. 어떻게든 다시 만나야겠다고 스스로를 다독이고서야 겨우 잠이 들었다.

생각보다 아주 오랜 시간이 흐르고서야 그 힘은 조금씩 느슨해졌다. 어떤 날은 내 잘못을 바닥까지 긁어모아 자책을 했다. 일상의 상처 모두 잘못에 대한 대가가 아닐까 생각했다. 하지만 어떤 날은 내 잘못만은 아니지 않냐며 이제는 따질 수 없는 상대를 탓했다. 내 마음은 고독한 전투 중이었다. 표현하진 않았지만 긴 기다림이 계속되는 이상 적어도 난 헤어진 게 아니었다.

그런데 언젠가부터 '진정 행복하길 바라겠다'는 노랫말이 와닿았다. 들려오는 이야기에 그는 잘 지내는 듯했다. 가끔은 상대 소식을 염탐했고 이제 정말 잘 지내는 듯한 모습에 질투가 나기도 했다. 그 못생긴 마음들이 아주 없어졌다는 건 거짓말이겠지만 이제는 조금씩 다행이란 생각이 들었다. 항상 그보다 철없는 나였어서, 이제야 이런 생각이 든다는 게 조금 미안하지만 그게 나인 걸 어쩔 수가 없다.

우리의 이별이 언제부터였는지 생각해 본다. 사귄 지 1일! 하고 날을 정하듯, 이별의 날을 꼬집을 수 있을까. 울먹이며 처음 헤어지자 말했던 날일까. 긴 실랑이 끝에 정말 헤어지기로 합의를 한 날일까. 집앞 골목에서 오늘이 마지막이라며 손을 흔들며 미소를 지어준 날일까. 극적인 이별의 순간은 누구도 받아들일 수 없어, 마지막 날도 별거 아닌 날인 냥 흉내를 내었다면 그날을 정말 이별이라 할 수 있을까.

이별 후에도 우리의 미련스러운 부름에 상대는 잔인한 모른 척을 하고, 어떤 날은 못 이기는 척을 한다. 그 변화가 때론 구질스러운 희망을 주고. 그러다 어느 날 찾아온 '침묵'이 희망마저 내려놓게 하겠지. '기나긴 그대 침묵을 이별로 받아두겠'다던 몇 십년 전 노래 속 화자처럼 모두의 이별은 그렇게 뻔하다.

누가 먼저 이별을 말했건 누가 더 매달렸건 중요치 않다. 다만 우리가 지금은 함께 하지 않는다는 사실과 헤아릴 수 없이 행복했던 날들이 있었음이 중요할 뿐이었다. 자책도 원망도 비워낸 후에야 서로가 잘 지내길 바라는 마음이 가장 중요하다 느낄 수 있었다.

이별이 어디서부터 시작되었는지 정확히 알 수 없듯, 완벽한 이별의 끝도 알 수는 없다. 하지만 우리의 이별에 노을이 있다면 그 노을을 바라보며 '항상 행복했으면 해'라고 말할 것이다.

3장

시선이 기준이 되지 않도록

01

그냥,
— 그러려니

나는 '그러려니'라는 말을 좋아한다. 왠지 무심한 어감이 좋다. 누군가 나에게 무심할 때에 시선의 압박에서 벗어날 수 있어 좋고, 또 내가 상대에게 무심할 때에 상대의 행동에 일희일비하지 않을 수 있어 좋다.

이렇게 생각의 거리두기를 선호하는 건 모순적이게도 지나치게 많은 생각 때문이었다. 말수가 적은 사람일수록 머릿속은 더 수다쟁이다. 어떤 상황을 마주했을 때 혼자만의 시나리오를 써나가길 잘한다. 회사에서 누군가 불친절할 때면 '나를 무시하는 건가?' '또 이런 일이 있으면 그땐 어떻게 해야 되지?' 꼬리를 무는 생각이 이어진다. 그럴 땐 딱 한마디 '그러려니' 해버리면 그만이다.

가끔씩은 타인의 그러려니를 간절히 바라게 된다. 드러나는 애정보다 선선한 무심함이 좋을 때가 있다. 회사 선배 중에 참 정이 넘치는 분이 계셨다. 매사에 관심이 많아 궁금함이 넘쳐났다. 그래서 늘 내가 원하는 것보다 한 발자국 더 다가왔다. 누가 봐도 밤새 울어 부은 눈이라면 "왜 울었어?" 묻기보다는 그냥 지나가 주셨으면 했다. 굳이 말하고 싶지 않은 사정들을 답하기가 버거웠다. 그 질문에 애정이 깔려 있음을 알기에 무작정 싫어할 수 없었고, 선배에게 '그런 건 묻지 말아주세요'라고 말할 용기도 없었다.

그렇게 일상 속 타인의 시선에 부담을 느낄 때에는 여행을 도피처 삼곤 했다. 이상하게 여행지에선 묘한 해방감을 느꼈다. 이방인에 대한 얕은 관심의 정도가 좋았다. 어느 나라에서 왔는지, 이 나라에선 무엇이 불만했는지 수준의 대화가 즐거웠다.

어느 날 밤은 양양에서 친구와 맥주 한 잔을 하러 나서는데 비가 오고 있었다. 우산이 없어 '양양인데 뭐 어때?'라는 생각으로 수건 한 장 뒤집어 쓰고 길을 나섰다. 좀 젖어도 상관이 없었다. 수건 쓴 내 모습에 사람들은 그러려니 하는 눈치였다.

이제는 우산이 없이도 아무렇지 않게 비를 맞는 내 자신이 꽤 그럴싸하다고 느낀다. 시선을 개의치 않고 걸으며 갑갑함에서 벗어나는 기분이 좋다. 선선한 바람이 머릿속까지 비워내는 것 같다.

시끄러운 머릿속 수다쟁이로부터 벗어나 조금 더 자유로워 지고 싶다.

'그러려니'란 나만의 주문을 외우면서.

02

들키고 싶지 않은 —— 유치한 자존심

한동안 잠을 이루지 못해 고생한 적이 있었다. 잠자리에 누우면 온갖 무서운 상상이 들곤 했다. 강도가 쳐들어올 것 같아 방문을 꼭꼭 잠그면, 또 불이 날까 두려웠다.

왜 그런 증상이 찾아왔을까 이유를 더듬어 보았다. 아마도 반년 전에 있던 한 사건 때문일 거라 짐작이 됐다. 누구도 몰랐으면 싶은 치부를 주변사람들이 다 알게 된 일이 있었다. 잠시나마 핫스타가 되었다. 다 나만 보는 것 같아 걸음걸이조차 어색했지만 생각보단 견딜 만했다. 당시에는 잠도 쿨쿨 잘 잤다. '난 스트레스엔 약하지만 위기엔 강한 사람이야'라며 스스로에게 으름장을 놓았다.

몇 달의 시간이 지나 가까운 사람에게 아팠던 일을 고백하는데 목소리도, 몸도 많이 떨려왔다. 그토록 괜찮았으면서 이제와서 왜 떨리는지 나 자신도 알 수 없었다.

한참 후에야 난 눈물을 흘릴 수 있었다. 왜 하필 내게 그런 일이 벌어졌는지 슬펐다. 동정하는 사람들의 시선이 싫었다. 사실은 난 괜찮지 않았다. 그걸 인정하는데 꽤 오랜 시간이 걸렸던 것이다. 아픔을 꾸역꾸역 쌓아두고 있었다.

어느 날 찾아온 불운 앞에 난 행운에 대해 다시 생각했다. 자주 열망하는 기적 같은 행운. 매주 열 명씩 쏟아지는 복권 당첨자를 보며 그 행운이 왜 내게는 오지 않는지 의아해했다. 하지만 아픔을 겪고 나니 엄청난 불운이 또 오지 않는 것만도 행운이란 생각이 들었다. 먼 나라 이야기 같은 슬픔도 '날 피해가리라는 보장은 없구나'라는 것을 알았을 때. 더 이상 로또당첨 같은 건 기대하지 않게 되었다.

그렇게 잠 못 이루는 밤이 수없이 흘러갔다. 난 의연했던 것이 아니라 아무렇지 않아 보이고 싶었을 뿐이었다. 불쌍한 사람이 되는 게 죽기보다 싫었다. 마음이 곪든 말든 들키고 싶지 않았다. 하지만 아프지 않은 척하면서 절대 나을 수는 없었다. 아픔을 인정하는 것이 치유의 출발임을 그때 알았다.

03

사랑받을
— 준비

할아버지와 할머니는 참 무뚝뚝한 분이셨다. 10년이 넘도록 함께 사는 동안 손녀딸 과자 한 번 사다 주신 적이 없었다. 별다른 대화도 하지 않았다. 우리집 밥상머리 교육은 입안에 음식을 넣고 말을 해선 안 된다는 것이어서 식사시간마저 항상 조용했다.

아침 7시, 점심 12시, 저녁 6시 군대처럼 엄마가 차려내야 했던 음식들을 우리 가족은 아무 말도 없이 먹었다. TV를 보면 시골집에 놀러 간 손녀가 할아버지 무릎에 누워 재롱도 피우던데, 우리집은 달랐다. 가끔은 딱딱한 분위기가 서운하게 느껴지기도 했다.

한번은 식탁 위에 열린 홍시가 맛있어 보여 손을 뻗었더니 할아버지가 내 손을 '탁' 치며, "그건 할머니 약이다"라고 말씀하셨다. 손녀딸이 홍시 좀 먹겠다는데 어떻게 그러실 수 있냐면서 엄마는 20년이 넘도록 홍시를 볼 때마다 같은 이야기를 했다. 그 순간이 기억나지 않지만, 할아버지가 어떤 말투로 그러셨을지 상상이 간다. 아마 할머니도 조용히 자기 홍시를 챙겨 드셨을 것이다.

그런데 10년 전쯤이었을까. 할아버지는 갑상선암이 폐까지 전이 되면서 매우 심각한 상태에 이르셨다. 의사선생님 앞에서 언제나처럼 쿨하게 "수술은 얼마면 돼요?"라고 물었지만, 지금 연세에는 수술을 해도 가망이 없을 거란 답변을 들으셨다. "그럼 안 할랍니다"라는 한마디를 남긴 채 진료실을 나온 할아버지는 엄마에게 이렇게 말씀하셨다.

"내가 죽어야 니들이 편히 살지 않겠노."

엄마는 할아버지가 중증 환자로 분류된 서류를 보고 병원 앞에서 펑펑 울었다. 그 순간에도 할아버진 "마, 괜찮다. 울지 마라"라고 말하며 엄마의 어깨를 툭 치셨을 뿐이었다.

그 당시에는 할아버지 할머니와 같이 살지 않았기에 혹시 두 분만 계시다가 안 좋은 일이 생길까 봐 엄마는 늘 불안해했다. 그러던 어느 날, 할아버지의 목소리가 평소와 다른 것 같다며 엄마는 밤길을 달려 두 분을 우리집으로 모시고 왔다. 밤새 거친

기침을 하시던 할아버지는 다음날 우리와 아침 식사를 한 후 방에 들어가 쓰러지셨다.

할아버지가 머무른 우리집에는 그분이 어떤 분이었는지를 짐작하게 하는 흔적들이 남아 있었다. 쓰러지시기 직전 이용한 화장실은 깔끔히 정리되어 있었고, 남은 자식들이 머쓱할 만큼 본인 장례식 비용까지 빳빳한 5만 원 권으로 준비해 금고에 차곡차곡 넣어두셨다. 할머니가 무슨 약을 드시는지, 어디에 가면 살 수 있는지 장소와 연락처가 빼곡하게 적힌 수첩도 볼 수 있었다.

할아버지의 핸드폰을 열어 보았다. 문자도 하실 줄 몰라 아무 내용이 없었고, 연락처는 단 10개뿐이었다. 10개의 연락처는 언젠가 내가 저장해드린 것이었다, 연락처 저장은 어떻게 하는 건지 묻는 할아버지의 질문에 귀찮아하며 저장해드렸던 기억이 난다.

'다정한 말투로 알려드렸으면 좋았을 텐데', '문자 보내는 방법을 가르쳐드렸으면 좋았을 텐데…'

여러 가지 생각에 눈물이 났다. 할아버지는 사는 동안 우리에게 더 많은 말을 걸고 싶었는지도 모르겠다. 그럴 때마다 할아버지가 마주한 건 살갑지 못한, 본인을 꼭 닮은 손녀딸의 모습이었다.

장례식장에는 많은 손님이 찾아오셨다. 처음 보는 할아버지의 친구들, 직장 동료들까지. 그분들은 나를 보며 연신 같은 말을 건네셨다. 할아버지는 평소 우리 손녀딸이 참 예쁘고 똑똑하다며 그리 자랑을 하셨다고, 네가 바로 그 아이냐고 말이다.

할아버지는 내가 대학에 합격했을 때 첫 등록금을 내주셨다. 특별한 축하의 말도, 잘했다는 격려 한마디 없으셨지만 그게 할아버지만의 표현 방식이었다. 워낙 성격이 급하신 분이라 학과 사무실에 전화를 걸어 등록금을 확인하시더니, 백 원 단위까지 틀림없이 통장으로 입금해 주셨다. 보통 사람 같으면 백 원, 천 원 단위는 반올림하거나 용돈 10만 원 정도를 얹을 만도 한데, 정확히 백 원 단위까지 맞춰서 보내주신 것을 보며 엄마와 나는 웃었다.

내가 태어나던 날에도 할아버지는 밤새 산부인과에 스무 통이 넘게 전화를 하셨다고 한다. 무사히 잘 태어났다는 아빠의 전화에 '이미 알고 있다'며 툭 전화를 끊으셨다고도 한다. 우리 할아버지는 참 남달랐다.

그래서인지 10년이 넘는 시간을 함께 살았어도 막상 할아버지에게 깊은 정이 들었다고 느낀 적은 없었다. 하지만 시간이 지날수록 그 분의 빈자리가 느껴진다. 중요한 의사 결정을 해야 할 때 우리 가족은 모두 할아버지라면 어떤 말씀을 하셨을까 생각한다. 집안에 힘든 고비가 찾아왔을 때는 할아버지가 계셨다면 어떤 결정이 옳은 것인지 가르쳐주셨을 텐데, 저마다의 마음으로 아쉬워한다.

무뚝뚝했던 말들 속에 어떤 진심이 있었는지 어린 나는 몰랐다. 항상 앞에 나서서 진두지휘했던 그 설레발이 사실 깊은 책임감이었다는 것도, 못 미더운 척하면서 따르기만 해도 되었던 시간이 든든한 울타리였다는 것 역시 꽤 나중에야 알 수 있었다.

전화번호 입력하는 걸 알려달라고 하실 때, 첫 등록금을 내어주실 때, 어떤 속내가 담겨 있었는지 헤아리지 못했다. 깊은 진심을 우리가 언젠가는 깨달을 거라고 그분은 기대하셨을까. 내가 아는 할아버지는 우리가 알지 못한다 해도 그저 최선을 다하셨을 분이다.

깨달음이란 이렇게 꼭 시간이 흐른 후에야 오지만, 조금이라도 덜 후회할 수 있는 현재를 보내고 싶다. 몰라본 마음을 그리워하며 슬프지 않도록 말이다. 오늘 밤만은 알아보지 못했던 진심을 찾아보며 하루를 마무리하려 한다.

04

이해와
— 간파의
한 끝 차이

비슷한 뜻인데 온도의 차이가 있는 단어가 있다. 이해와 간파가 그렇다. 이해란 단어는 따스하고 간파라는 단어는 차가운 느낌이 든다.

이해 - 남의 사정을 잘 헤아려 너그러이 받아들임.

간파 - 속내를 꿰뚫어 알아차림.

1년 전쯤 한 모임에서 생각이 참 비슷한 사람을 만났다. 엉뚱함 속에 상처가 있는 듯해 보이는 사람이었다. 모임은 뒤풀이로 이어졌다. 그 사람에게 "우리 좀 비슷한 것 같지 않아요?"라며 말을 건넸다. 우리는 꽤 친해졌고 그 후로도 모임에서 종종 만나게 되었다. 얼마 전 다시 모임을 찾았다. 그런데 오랜만에 만난 그 사람에게서 뜻밖의 이야기를 들었다.

"처음엔 왜 나에 대해 다 안다고 생각하나 좀 그랬어."

당황스러웠다. 넘겨짚는 건 대단한 실례라고 생각하는 나였다. 그런 실례를 범했다니 충격이었다. 무엇보다 나와 비슷한 상대를 잘 이해하고 있다고 착각했다. 그런데 상대는 이해받은 것이 아니라 간파당했다고 생각했던 것이다.

무엇이 그 차이를 만들었을까.

'날 이해해 줘'란 말은 있지만 '날 간파해 줘'란 말은 없다. 누군가 자신을 헤아려 주길 '원할 때' 다가서는 것이 이해란 생각이 든다. 상대가 원하지 않는 헤아림은 아무리 그 본뜻이 따스할지라도 간파에 가깝다. 나 역시 그랬다. 비슷한 사람을 만났다는 설렘에 상대의 기분은 고려하지 않고 성큼 다가섰다.

생각해 보니 상대를 잘 알고 있단 착각은 이번이 처음이 아니었다. 딱 봐도 '부잣집 도련님' 같은 학교 선배가 있었다. 유복하게 자랐고 공부도 잘했으니 인생의 쓴맛은 모를 거라 생각했다. 나름으로는 사람을 잘 보는 편이라고 자부했기에 내 생각이 맞을 것이라 믿었다.

어느 날 동문 모임, 그 선배가 물었다.

"너는 죽음에 대해 생각해 본 적 있니?"

예상했던 선배의 캐릭터에서는 나올 수 없는 말이었다. 뒷이야기를 듣지 않아도 알 수 있었다. 한참을 잘못 넘겨짚고 있었다는 것을. '공주처럼 자랐으니 이기적이겠지?' 내가 주로 받아온 시선이었다. 분명 사실이 아니었다. 그런데 똑같은 편견을 선배에게 갖고 있었다. 선배 역시 나처럼 상처를 드러내지 않는데 이골이 난 사람이었을지 모른다. 착각이 부끄러웠다.

멋대로 재단하고 정답이라고 판단해버리는 순간, 이해가 아닌 간파였다. 이해는 끝이 없는 거였다. 누군가를 다 알 수는 없는 거니까. 이렇게 이해한다는 걸 이해해 본다. 조금씩 상대가 원하는 만큼 헤아리는 마음. 그 마음이 전해져 누군가의 피로가 풀릴 수 있다면 좋겠다.

05

한 마디의
— 말,
한 사람의
— 삶

신입사원 시절, 회사 프로그램 중 하나로 최전선에서 일하시는 분들께 편지를 쓰는 일이 있었다. 주차 용역 사원, 택배사 직원분들. 나는 그 중 청소 아주머니에게 편지를 썼다. 사실 얼굴도 모르는 청소 아주머니께 편지를 쓴다는 것이 내키지는 않았다. 무슨 말을 해야 할지 몰라 그냥 형식적으로 몇 마디를 적었다. '우리 사무실을 깨끗하게 해주셔서 감사합니다. 덕분에 늘 쾌적하게 생활하고 있습니다.' 정도의 뻔한 문장이었을 것이다.

그렇게 며칠이 흘렀다. 한 아주머니가 사무실로 나를 찾아오셨다. 어떤 일로 오셨는지 묻자 아주머니는 피로회복 음료 한 박스를 건네셨다.

"오늘이 여기서 일하는 마지막 날인데, 너무 고마워서 인사하러 왔어요."

그분은 내 편지를 받은 청소부 아주머니였다. 수십 년 동안 이 회사에서 일했는데 오늘이 마지막 날이라며 눈물을 글썽이셨다. 이제 퇴직을 해 시원섭섭했는데 편지에 큰 위로를 받았다고, 자식들에게도 내 편지를 자랑했다고 말씀하셨다. 우리 엄마보다도 나이가 많은 아주머니의 허리 굽힌 인사에 나는 어쩔 줄 몰랐다.

자리로 돌아와 피로회복 음료를 마시며 잠시 멍해졌다. 편지에 무슨 말을 썼는지 곱씹어 보았으나, 잘 기억이 나지 않았다. 그렇게 감동을 받을 만한 말은 없었던 것 같은데, 그래도 내 감사 인사가 그분께 어떤 의미였을지 생각해 보았다.

그분은 돈을 벌기 위해 일했지만, 자신이 어딘가에 필요한 사람이기를 바라는 마음을 갖고 있었을 것이다. 격려 없는 후방에서 그저 맡은 일을 해온 일터를 떠나게 되어 서운하셨을 텐데 내 편지가 그 부분을 건드린 것이리라 생각했다.

어찌 됐건 가슴이 뜨거워졌다. 음료 한 박스를 사들고 모르는 아가씨를 찾아 사무실 문을 열기까지의 그 마음이 감사했다. 당연히 누리던 환경이 실은 누군가의 노고라는 걸 다시금 느꼈다. 어쩌면 회사에서 이런 걸 깨닫게 해주고 싶었나 보다.

그런데 조금은 두려워졌다. 이렇게 사소한 한마디가 눈물을 자아낼 만큼 큰 의미라면, 무심코 내뱉은 말이 어떤 이에게는 상처가 되었을지도 모른다는 생각이 들었다. 식당에서, 카페에서 어떤 말투로 상대를 대했을지 모르는 일이다. 그 어떤 삶이라도 아주머니처럼 저마다의 소중함을 간직하고 있을 텐데.

우리는 때때로 어떤 삶이든 같은 무게를 가지고 있다는 것을 잊어버린다. 모든 사람의 삶을 다 들여다볼 수는 없겠지만, 그 삶들 중 어느 것 하나도 가볍지 않다는 걸 꼭 기억하며 살아야겠다.

06

사대문 안에 — 살고 싶은 여자

붐비는 점심시간이었다. 회사 동료와 국밥 주문을 하고 기다리는데 옆자리 남자들의 이야기가 들려왔다.

"여자친구분이랑은 왜 헤어지셨어요?"

"아니 얘가 사대문 안에 꼭 살고 싶다잖아. 그래서 난 그럴 능력 없으니까 헤어지자고 했지."

이야기의 요지는 이랬다. 옆자리 남자분이 여자친구와 결혼 이야기를 나누었는데 그녀가 사대문 안, 그러니까 서울 중심 아파트에는 살고 싶다고 했다는 것이다. 거기에 여자친구는 남자가 집값을 전부 내길 바란 모양이었다.

"근데 더 웃긴 게 뭔 줄 아냐. 헤어지자니까 그럼 조정 가능하대. 너무 계산적이라 온갖 정이 다 떨어졌어."

이야기가 들리는 티를 안 내려 했는데 '조정 가능하다'는 대목에서 '풉' 실소가 나오고 말았다. 앞에 앉은 동료도 슬쩍 웃으며 나와 눈짓을 주고받았다. 다행히 옆자리 남자분은 우리의 반응을 눈치채지 못했는지 이야기를 이어갔다. 이전에 만난 여자친구도 결혼하려다 너무 돈을 밝혀서 헤어졌고, 이번에는 다를 줄 알았는데 이 친구마저 이러니 힘들다고. 결혼이란 걸 꼭 해야 되나 싶다고도 했다.

웃기기도 하고 씁쓸하기도 했다. 빛나는 청춘에 결혼까지 생각했던 여자 두 명과 '돈을 얼마 해오네 마네' '조정 가능하네 마네' 하다 헤어진 게 아닌가. 이제는 결혼도 안 하고 싶을 만큼 지친 그 분의 마음이 안쓰러웠다.

수년 전에 한 까칠한 선배가 그런 말을 했었다. 요즘 시대에 결혼은 '사랑'이 아니라 '돈'으로 하는 거라고. 결혼은 거대한 사업이자 거래. 거기에 플러스 알파로 "자식 가지고 장사하려는 엄마들도 좀 있지"란 선배의 말에 난 말문이 막혔었다. 선배가 좀 이상한 사람이라고 생각했었다. 그런데 30대가 되니 '선배의 말이 맞았나' 싶은 일들이 주변에서 일어나곤 했다.

고소득의 남자들은 돈 없는 여자랑 결혼하면 본전이 안 된다는 생각을 쉽게 내비쳤다. 그건 그나마 본전이라 나은 건지. 자기는 가진 것도 없으면서 무조건 집 있는 남자랑 결혼해야 된다 주장하는 여자들도 많았다. 엄청난 부잣집 딸인 한 언니는 본인 집에선 가난한 남자를 원한다며. 그 이유가 '처가에서 맘대로 휘두르고 싶어서'라고도 했다.

'죽을 병에 걸려도 영원히 당신만을 사랑하겠소' 같은 순애보를 기대한 건 아니지만 가슴이 답답했다. 그리고 스스로를 돌아봤었다. 내가 가슴이 꽉 막힌 듯 씁쓸한 건 정말 사랑을 바라서일까. 아니면 자신감이 충만할 만큼 돈이 많지 않아서일까. 솔직히 전자라고 확신하기도 어려웠다.

나 역시 속물인 건 마찬가지였다. 철없는 20대 때는 더 그랬다. 사회 통념에 얹혀간다며 '남자가 집은 해와야지'라고 생각했고 그마저도 좋은 동네이길 바랬다. 열심히 벌어서 같이 재산을 일궈 나갈 생각은 없었다. 이제는 생각이 바뀌었지만, 그게 정말 철이 들어서인지, 아니면 결혼 시장에서 20대보다 내 가치가 떨어졌음을 직감한 30대 여자의 생존 본능인진 잘 모르겠다.

여전히 누가 부잣집에 시집갔다면 부럽고, 나보다 잘난 것도 없는 것 같은데 하며 배가 꼬인다. 연봉이 얼마, 재산은 얼마라고 들어오는 상대의 프로필에 솔깃하고 사진을 받고선 실망하는 스스로의 한심함에 어이가 없다.

어느 드라마에선 결혼이 '피가 섞이고 돈이 섞이는 일'이라고 했다. 그만큼 그 누구도 결혼 앞의 돈 문제에 자유로울 수만은 없을 것이다. 재벌은 재벌대로, 평범한 사람은 평범한 사람대로 저마다의 계산기를 두드린다. 어쩌면 현실 앞에서 사랑 타령만 하는 것이 더 비현실적일지도 모르겠다.

하지만 이렇게 속물 같은 나도, 사랑을 기대하며 기다리는 그 누구도 마찬가지 아닐까. 현실에 치어 생각이 흐릿해졌을지언정. 정말 '사랑 없는 결혼'이 괜찮은 사람은 없을 것이다.

생각해 보자. 우리 정말 사랑보다 사대문 안에 사는 게 중요한 사람인가.

07

거북이가 사는 집

친구는 요즘 부동산 공부에 한참이라고 했다. '하락장에 부동산?' 하며 사람들은 의아해했지만, 바로 그때가 공부를 해야 하는 시기라고 친구는 핏대를 세웠다.

부동산 투자에 관심을 보이는 내게 친구는 환대 반 걱정 반을 내비쳤다. 본인은 전국 방방 곳곳을 누빈다고 했다. 하루 3~4만 보는 걸어야 할 수도 있고, 낯선 사람들을 많이 만나야 할 수도 있는데 괜찮냐며 말이다. 힘들어 보이긴 했지만 돈 버는데 쉬운 일이 어딨나 싶었고, 여러 지역을 다니며 그 지역 사람들의 삶을 이해한다는 말이 왠지 멋져 보였다.

고맙게도 친구는 본인이 현장에 가는 길에 날 합류시켜 주었다. 알고 보니 이미 전국 곳곳에 투자를 해놓은 베테랑 투자자였다. 처음 가는 현장은 태어나서 처음 가보는 중소도시였다. 낙후된 시골일 것 같아 굳이 거기까지 가야 되나 싶었다. 그런데 버스 창밖으로 논밭이 아닌 휘황찬란한 도시의 모습이 나타났다.

'이렇게 좋다고? 강남보다 더 좋은데.'

인구 100만도 안 되는 중소도시 풍경은 충격적이었다. 멋진 신축 아파트와 상가가 빼곡히 들어서 있었다. 어린아이 손을 잡은 젊은 부부들이 활기차 보였다. 유명 프랜차이즈들도 많았다. 서울 깍쟁이인 내가 이 지역을 시골이라 생각한 게 미안하기까지 했다.

다음 현장은 제조업으로 유명한 광역시였다. 이번에는 엄청 가파른 언덕 위에 있는 아파트를 가야했다. 헉헉 계단을 오르며 '도대체 이 꼭대기에 누가 살아' 생각했다. 그렇게 마지막 계단을 오르고 뒤를 돌아봤을 때. '우와' 탄성이 나왔다. 친구는 이 아파트의 투자 가치를 설명했지만 난 그저 풍경에 넋을 잃었다. 때마침 주황빛 일몰이 지고 있었다.

단지 안으로 들어서자 놀이터에 한 부녀가 나와 있었다. 이제 해가 지니 집에 가자는 아빠의 말에도 아이는 계속 그네를 밀어 달라 졸랐다. 노을 지는 풍경을 배경으로 부녀의 모습이 따스해 보였다. 꼬마 아이에게 묘한 부러움을 느꼈다.

친구는 내 예상보다 꽤나 자금이 있는지, 우리나라에서 가장 비싼 한강뷰 아파트 매물을 보러 간다고 했다. 실제 사람이 사는 집에 들어가는 건 처음이라 긴장이 되었다. 올 화이트 인테리어인 그 집은 먼지 한 톨도 없어 보였다. 마치 모델하우스처럼 살림살이도 적었다. 이집에 혼자 사시는 아주머니는 비닐장갑을 낀 채 불만이 가득한 표정이었다.

'아니 이 로얄 호수를 알 사람은 다 아는 거지. 뭘 집안을 본다 그래.'

아주머니의 핀잔에 난 주눅이 들었지만 친구는 넉살 좋게 넘어갔고 곧장 다음 매물을 보러 갔다. 곧 허물어질 것 같은 복도식 구축 아파트였다. 물론 재건축의 프리미엄이 붙어 이 곳도 가격은 무지 비쌌지만.

집안에는 어린 아들을 둔 세입자 가족이 살고 있었다. 집을 빨리 팔고 싶은 집주인이 아닌데도 세입자 가족은 우리를 반갑게 맞아주었다. 요즘은 찾아보기 힘든 라디에이터가 있는 이 집에선 된장찌개 냄새가 풍겼다. 남자아기는 우리가 신기한지 계속 몰래 쳐다보며 웃었다.

장난감이 가득한 거실을 지나 방으로 들어서자 큰 거북이 한 마리가 있었다. 나도 어릴 적에 거북이를 키웠던 터라 반가웠다. 벽에는 맘껏 낙서를 할 수 있는 보드가 붙어 있었는데, 아기가 자라나는 키를 표시한 흔적이 있었다. 이곳에서 행복했을 가족들의 모습이 그려졌다.

집에 돌아와서도 아이의 미소가 떠올랐다. 그 가족이 또 어디로 이사를 가는지 알 순 없지만 지금처럼 거북이도 아이도 무럭무럭 행복했으면 좋겠단 생각이 들었다. 그리고 우리를 못마땅해 했던 아주머니도 생각이 났다. 먼지 한 톨 없는 집이 나는 조금 무서웠다. 거북이와 함께 살아가는 지저분한 집이 더 마음에 들었다.

난생 처음 가본 중소도시. 언덕 꼭대기 위의 집. 대한민국 최고 부촌. 그곳이 어디든 투자 기회는 오는 것처럼, 어디든 사람의 삶이 있다. 부자 동네에만 행복이 있는 것도 아니었고, 낡은 집이라 해서 가난만 있는 것도 아니었다. 아직 어느 단지가 최고 수익률이 기대되는지 난 알지 못한다. 하지만 기대 수익률만으로 누군가의 인생을 평가하고 싶지는 않다.

조금 덜 반짝일 순 있어도 사실은 빼곡한 별들처럼 저마다의 의미를 가진 삶이 전국 곳곳에 반짝이고 있으니 말이다.

08

김부장의 — '늙었다고 놀리지 말아요'

간만의 팀 회식이었다. 하필이면 장소도 빨간 원형 테이블이 있는 중국집! 이런 옛날식 중국집에 오니 진짜 '회식' 분위기가 났다.

너는 소맥. 나는 고량주. 사람들은 즐겁게 떠들며 술을 마셨다. 그런데 한 선배가 조금 취했는지 후배들에게 훈계를 시작했다. 유익할 순 있어도 즐거운 분위기를 깨는 이야기들에 고개 숙이고 듣던 중 우리 팀 MZ세대의 대표주자라 불리는 한 후배가 외쳤다.

"아~ 다음~~!"

지겨우니까 됐고 다른 얘기하자는 뉘앙스가 분명했다. 소맥을 들이키며 웃어넘기는 후배의 넉살에 이야기는 정말 다음으로 넘어갔지만 난 어리둥절했다. 그런데 이 어리둥절함을 들키면 쿨해 보이지 않을 것 같아서 아무렇지 않은 척을 했다. 선배들의 눈치를 살폈지만 다들 비슷한 쿨한 척 중인 것 같았다.

요즘 세대들은 다르다더니 이 상황이 정말 재밌었다. '라떼는' 나도 앞서 가는 축이었다. 일종의 반항심도 있는 신세대였다('신세대'라는 표현 자체가 '구세대' 인증이라곤 하지만…). 그래서인지 난 MZ 후배의 무례한 외침이 꽤 마음에 들었다. 그 후배에겐 큰 용기도 필요하지 않은 일일지 모르지만 대단해 보였다.

사실은 우리도 참았던 말들. 차마 눈치보여 하지 못했던 행동들을 어린 후배들이 해줄 때, 슬쩍 그 분위기에 편승해 이득을 보는 건 나같은 중간세대다. 이날도 그 후배가 끊어준 덕분에 선배의 훈계를 내내 듣지 않아도 되었던 것처럼. '오늘은 2차 가지 말고 집에 가시죠!'라거나 '연애는 알아서 할 테니 더 이상 묻지 마세요!'라거나. 턱 끝까지 차 올라도 할 수 없었던 말을 후배가 내뱉을 때면 속이 시원했다. 그렇게 조금씩 달라지는 조직 문화에 숟가락을 얹었다.

우리가 신입사원이던 10년 전만 해도 회사 분위기는 사뭇 달랐다. 상사가 퇴근하지 않았는데 먼저 엉덩이를 떼는 것은 있을 수 없는 일이었고 잠시 자리를 비우는 것도 꽤나 눈치가 보였다.

내 동기는 '궁뎅이만 뗄라고' 하면 자길 찾는 선배를 욕하며 그 선배를 '궁디뗄라'라고 부르기도 했다.

오늘 할 일을 다 했어도 담배 피우러 간 선배들 기다리느라 집에 가질 못했다. 어차피 야근할 분위기인데 빨리해서 뭐 하냐며 느긋하게 일을 한 날도 있었다. 팀장님이 회식 대신 영화를 보러 가자고 해서 이미 본 영화를 또 본 적도 있었다. 하긴 우리 팀장님은 점심을 두 번 먹은 적도 있다시니 영화 두 번은 일도 아니었다.

그런데 10년 차 직장인이 되고 한참 어린 후배들이 들어오며 이제는 선배들의 마음을 이해하는 날도 있곤 한다. 같이 점심 한 번 먹자고 하려 해도 '혹시 싫어하면 어쩌나' 걱정이 되고. 실없는 농담을 내뱉어 놓고 '이런 말 불편하려나' 싶기도 하다.

어쩌다 커피 타임에 나 혼자 빠진 날은 '애들이 내가 싫은가…' 싶은 마음에 조금 외롭다. 후배의 소개팅 얘기에 "우와 설렌다" 하며 묻다가도 '이거 내가 제일 극혐하던 상황인데'라며 자제한다. 후배들의 행동이 때론 불편해 '내가 선배인데…' 하고 떠오르는 위계적인 생각에 스스로가 부끄럽기도 하다.

난 지금 깍듯한 후배도, 그렇다고 쿨한 선배도 되지 못한다. 어떤 날은 양쪽 눈치 보느라 회사생활이 더 버겁다. 창밖에 지나가는 직장인 모두 저마다의 속앓이가 있겠지?

하지만 내가 그랬듯, 한때는 도저히 이해할 수 없던 일들이 이해되는 날은 오기 마련이다. 각자의 시간은 계속 흐르겠지만, 그 시간이 변화에 대한 저항이기 보단 서로를 이해하려는 노력이라면 좋겠다.

며칠 전, 팀 커피 타임. 본인도 유튜브를 해보고 싶은데 주제가 떠오르지 않아 고민이라는 팀장님께 제안했다.

"MZ세대 행동에 깜짝깜짝 놀라는 기성세대, 어떠세요? 제목은 음… 김부장의 '늙었다고 놀리지 말아요!'"

09

진솔한
—— 카리스마

우리 팀장님은 지금껏 만난 상사 중에서, 아니 인생에서 만난 많은 사람들 중에서도 특별한 인품을 가진 분이시다. 항상 밝은 얼굴로 맞아주시는 인사에 우울했던 기분마저 좋아지고, 출장지에서 어떻게든 맛있는 걸 사주고 싶어 직접 예약하시는 맛집은 미슐랭급이다. 혼을 낼 때도 절대 언성을 높이지 않는데다 심지어 따뜻하다.

그런데 회사는 표독한 사람이 잘나가는지 우리 팀장님은 임원 승진에서 조금 뒤처지고 계셨다. 본인도 속이 상하실 텐데 '내리갈굼' 같은 건 전혀 없었다. 그래서 팀원들은 덕볼 생각이 아닌 진심으로 팀장님의 영전을 바랬다.

그러다 어느날 우리 팀에 아주 좋은 기회가 찾아왔다. 좋은 성과를 내면 팀 위상도 높아지고 팀장님의 승진 가능성도 큰 프로젝트를 맡게 된 것이다.

어느 아침처럼 출근해 메일을 열어보았는데 팀장님께 단체 메일이 와 있었다. 이번 프로젝트 스케줄을 정리한 내용이었다. 그런데 마지막에 이런 멘트가 적혀 있었다.

'이번 일 잘해서 여러분도 잘되고 솔직히 나도 잘되고 싶어요.'

솔직함에 난 놀랐다. 그리고 묵직했다. 어린 팀원들에게 '그래서 나도 잘되고 싶다'는 마음을 드러내는 게 이분께는 어려운 일이 아니신 걸까. 아마 나였다면 부끄럽고 혹시 잘 안 되면 더 창피할 것 같아서 솔직하지 못했을 것이다. 승진에 큰 관심없는 척까지 했을지 모른다.

그날 이후로 난 우리 팀장님이 더 멋져 보였다. 정말 열심히 해야겠단 생각도 들었다. 많은 상사와 일하며 혼구녕도 나봤지만 이런 동기부여를 느낀 적은 없었다. 진짜 '카리스마'라는 건 이런 '진솔함'에서 나오는구나 생각했다.

우리는 얼마나 많은 순간 마음을 있는 그대로 드러내지 못하는가. 묘한 말 돌림과 괜한 있는 척, 유치하기 짝이 없는 일들이

도처에 있다.

'난 너 없으면 안 돼' 말하기가 싫어 '필요 없으니까 잘 먹고 잘 살아라'를 외쳤던 이별의 순간과 실패에 좌절한 와중에 했던 '두렵지 않은 척'. 무언가가 간절하다 말하기 자존심 상해 억지로 갖다붙였던 괜찮다는 핑계들.

팀장님의 담백한 메일은 그 모든 일들이 얼마나 구렸는지를 일깨워줬다. 쿨한 게 뭔지도 한 수 배웠다. 스스로의 바람을 인정하는 일, 혹여 그것이 실패한다 해도 그 또한 인정하는 일. 앞뒤 재단 없이 진심을 전달할 수 있는 용기가 진짜 '카리스마'였다.

10

무례한 질문의 선

몇 해 전 임원 워크샵에서 대화법에 대한 강의가 있었다. 강의 내용은 '해서는 안 되는 질문'이었다. 젊은 사원들에게 '애인 있냐'고 묻지 마라, '결혼은 왜 안 하는지' '언제 할 건지' 묻지 마라. 심지어는 주말에 뭐 했는지도 묻지 마라. 강의가 끝나자 임원들은 무슨 말을 하며 살라는 거냐고 탄식했다고 한다. 왜 그런 강의까지 생겨났을까. 이유는 간단하다. 별 생각 없이 던진 질문에 누군가는 상처받기 때문이다.

유독 궁금한 게 많은 사람들이 있다. 좋게 보면 호기심이, 나쁘게는 오지랖이 많은 사람들. 수업시간에야 손들고 물어보는 게 좋은 자세지만 현실에서는 꼭 그렇진 않다. 아무리 궁금해도 한 박자 쉬는 쉼표가 필요하다.

먼저 이 질문이 상식적으로 무례하지 않은지 생각해 봐야 한다. 생각보다 일상에선 상식 밖의 질문이 많이 오간다. 대학 시절, 아나운서 학원에 다닌 적이 있었다. 그때 한 기상캐스터 분이 특강을 오셨는데 우리 반 오빠가 기상캐스터 연봉을 물었다. 그 분은 "대기업 연봉이랑 비슷해요"라고 대답했다. 오빠는 답답하다는 듯 "아 그래서 정확히 얼만데요?"라고 재차 물었다.

무례한 질문은 그게 끝이 아니었다. 기상캐스터의 고충을 이야기 하자 오빠는 "근데도 그 직업을 계속 유지하시는 이유가 뭐예요?"라고 물었다. 내 얼굴까지 화끈거렸다. 쉬는 시간이 되자 오빠는 "나 정말 몰라서 그러는데, 연봉을 물어보면 안 되는 거야?"라고 물었다. 어리니까 할 법한 실수이기도 하지만, 듣는 상대는 얼마나 난감했을까.

또 하나, 질문을 할 때 내 궁금함보다 상대가 대답을 하고 싶을까를 생각해 봤으면 좋겠다. 질문은 일방적인 말이 아니라 상대의 대답을 듣고자 하는 대화이다. 내 궁금함만이 앞서서는 안 된다.

한번은 회사에서 어떤 분을 처음 알게 되었다. "반갑습니다" 인사를 마치기도 전에 그분은 내 결혼 여부를 물었다. 안 했다고 하자 “왜요? 남자친구가 결혼하자고 안 해요?”라고 다시 물어왔다. “남자친구 없어요” 하고 넘어갔지만 질문이 너무 인상깊었다. 처음 만난 사람에게 하기엔 너무나 사적인 질문이 아니었을까. 그분은 악의 없이 했겠지만 분명 선을 넘었다.

질문을 하는 상황에 어떤 사람들이 있는지도 중요한 듯하다. 내가 아무리 상대와 사적인 대화를 나눌 수 있는 사이라 해도, 주변 사람에 따라 얘기는 달라진다.

곧 결혼하는 예비 신부와 동료들이 모인 적이 있었다. 한 친구가 다이아반지는 얼마짜리냐고 물었다. 신부는 당황해 얼버무렸다. 다이아반지 가격을 묻는 것도 실례지만 다른 동료들이 있는 자리에서 묻는 건 예비 신부를 더 당황하게 했을 것이다.

참 질문 한번 하기 어렵다고 생각할지 모르지만 반대 입장을 생각해 보면 쉽다. 난처할 질문은 안 하면 그만이다. 꼭 알아야 하는 질문은 많지 않다. 대답하기는 쉽고 질문하긴 어려워야 된다. 난처한 질문에 대처하는 순발력을 배우지 않아도 되는 세상이라면 좋겠다.

11

친구라는 — 어려운 이름

내가 태어난 지 얼마 되지 않아 돌아가신 외할아버지는 공자 같은 분이셨다고 한다. 항상 올곧은 말씀을 하신 분이었다는 뜻으로 이해한다. 외할아버지는 엄마에게 늘 인생에 좋은 친구 한 명만 남아 있어도 잘 산 인생이라고 말씀하셨단다. 좋은 친구란 친구가 잘될 때 배 아파하지 않으며 진심으로 기뻐할 수 있는 거라고.

그렇게 보면 좋은 친구 사귀기는 참 어려운 일이다. 내 일이 잘 풀릴 때라면 모를까, 그렇지 못할 때 친구의 행복을 진심으로 기뻐할 수 있을까. 내게는 아직 어려운 일인 것 같다.

학창시절엔 늘 어울리던 친구들이 있었다. 지금은 연락도 하지 않지만 한땐 찰싹 붙어다니던 친구들. 하루라도 안 보면 입에 가시가 돋듯 모든 일상을 공유했었다. 하지만 나이가 들고 삶의 모양이 달라지며 멀어져 갔다. 그 속엔 제때 풀지 못한 서운함과 굳이 먼저 연락하지 않았던 게으름이 있었을 것이다. 어쨌든 내 어린 날을 기억해주는 사람들이 없다고 생각하니 허전했다. 진짜 친구가 없다고 느꼈다. 모름지기 친구란 '오랜 세월' 함께 해야 한다고 생각했기 때문이다.

그러던 어느 날, 신입사원 시절 멘토였던 회사 선배와 술을 한잔하게 되었다. 연차가 꽤 차이 나는데도 그 선배와는 처음부터 불편함이 없었다. 사적인 얘기도 늘어놓을 수 있을 정도였다. 힘든 일이 있을 때면 잠깐의 대화로도 위안이 되었다.

특별한 해결책을 주는 건 아니었지만 그 묵묵함이 오히려 편안하게 느껴졌다. 언젠가는 이런저런 하소연을 하다 식당에서 울음을 터뜨렸는데, 선배는 주변의 시선에도 아랑곳하지 않고 가만히 기다려주었다. 그런 선배였기에 난 어디서도 열리지 않았던 빗장이 풀렸다. 여기 한 곳쯤은 마음 편하게 울 수 있는 곳이라고 멋대로 생각했다.

그런데 흔들림 없어 보이던 선배가 어느 날부터 자신의 이야기를 시작했다. 회사에서의 고충도, 인생의 아픔도 털어놓았다. 그 아픔이 안타까웠지만, 한편으로는 그분께도 내가 의지할 만한 친구가 된 것 같아서 좋았다. 선배 역시 "너는 후배나 동료라기보다 친구에 가깝다"고 말하기도 했다.

선배와는 유년시절을 함께하지도, 자주 연락하지도 않았지만 분명 친구였다. 서로의 모든 걸 알려 하지도 않은 채 한 걸음 물러서 있었지만, 전하고 싶은 이야기는 주저함없이 전할 수 있었다. 슬픔을 안타까워했고 좋은 일에는 함께 기뻐해 주었다. 적당히 떨어져 걷는 길에 부는 바람이 시원했다. '찬 바람 불 때 또 보자.' 손 흔드는 인사도 좋았다.

학창 시절 팔짱기고 다니던 동갑내기만을 '친구'라고 생각한 건 착각이었다. 생각해 보면 친구라는 말은 관계를 규정짓는 그 어떤 말보다도 포괄적이다. 엄마와도 친구가 되고, 애인과도 친구가 되고, 상사와도 친구가 될 수 있다. 편견으로 그려왔던 친구의 모습과는 조금 다를 수 있지만, 진짜 친구가 이미 내 곁에 있을지 모른다.

친구의 얼굴은 이렇게 다양하지만 중요한 건 그들을 지켜내는 일. 내 서투름으로 소중한 사람을 잃지 않는 일.

소중한 친구들. 내 곁에 오래 머물러주었으면 좋겠다. 그들에게도 내가 지키고 싶은 친구라면 좋겠다.

12

사람을 — 바꾸는 유일한 방법

'사람 안 변해~'

난 어려서부터 이 말을 그다지 좋아하지 않았다. 누구나 노력하면 바뀔 수 있다고 기대했다. 하지만 내 기대를 비웃기라도 하듯 '역시 사람은 변하지 않는구나' 느낄 일만 벌어지곤 했다. 무례한 사람은 끝까지 무례했고 계산적인 사람은 결국 자기 잇속을 차렸다.

회사에 내가 싫어하는 동료 한 명이 있었다. 묘하게 그 사람과 대화를 하고 나면 기분이 나빴다. 동료는 웃으며 넘어갈 일에도 굳이 핀잔을 주었다. 나도 자존심이 있지 굽히고 싶진 않았다. 회사에서 마주쳐도 못 본 척 지나쳤다. 다른 동료들에게 말하자 원래 네 가지가 없기로 유명한 친구라고 신경 쓰지 말라 했다. '역시 사람 안 변해~'라고 하면서.

그런데 얼마 전 100억 대 자산가라는 재테크 유튜버가 '인간관계'에 대한 이야기를 하면서 이런 말을 했다.

"사람 절대 안 바뀐다고 하죠? 그런데 누군가를 바꿀 시간과 에너지를 날 바꾸는데 먼저 쓰세요. 그게 훨씬 빨라요."

어디서든 들었을 법한 그 이야기가 새삼스레 와 닿았다. 그리고 실현해 보고 싶었다.

다음날 그 '미운 동료'에게 요청할 일이 있었는데, 말투를 살짝 친절하게 바꾸었다. 상대는 알아차리지도 못했을 변화를 주고 스스로를 칭찬했다.

'음, 배움을 실천하고 있군!'

그 후로도 난 그 동료를 살갑게 대하려 노력했다. 마주치면 가벼운 눈인사를 했다. 혹시 업무가 늦어지면 따지기보단 다시 한 번 부탁했다. 메일에 항상 도와줘서 고맙다는 말을 쓰고 혼자 손발이 오그라들기도 했다. 그렇게 몇 주쯤 지났을까. 라운지에서 만난 그 친구가 내게 반갑게 웃으며 인사를 했다. 짝사랑해오던 상대도 아닌데 설렜다. 이게 끝이 아니었다. 메신저로 자기가 좋아하는 가수를 파트너님도 좋아한다고 들었다고 업무와 상관없는 말을 걸어왔다. 조금 당황했지만 기분은 좋았다. 관계가 부드러워지니 업무하기도 수월해졌다. 100억 자산가의 말이 맞았던 걸까. 나부터 바뀌니까 다 되는 건가. 신기했다.

배움을 써먹을 일은 일상 속에서 자주 있었다. 하루는 아빠를 집에 혼자 두고 엄마와 쇼핑을 다녀왔다. 3시간이면 될 테니 다녀와 같이 저녁을 먹자고 했는데, 한밤중에나 집에 들어오게 되었다. 워낙 무뚝뚝한 부녀 사이라 평소 같으면 내 방으로 쏙 들어갔을 텐데. 그 자산가의 말이 떠올랐다. 삐져 있는 아빠에게 '약속보다 늦어서 미안해'라고 말을 건넸다. 아빠는 얼떨결에 괜찮다며 예쁜 옷을 많이 샀냐고 물었다. 그리고 내가 방에 들어가자 엄마에게 속닥였다. "딸이 나한테 미안하다고 하네."

도대체 얼마나 살갑지 못한 딸이었길래 그 말 한마디를 엄마한테 전할 만큼 새삼스럽나 생각했다. 아빠와 다정한 친구가 부럽다고 생각했었는데, 왜 내가 바뀔 생각은 안 했었나… 곱씹으면서.

난 그날 이후로 아빠의 말에 과한 리액션을 했다. 아닌 것 같은 말도 맞다 해주고, 괜히 엄마 앞에서 아빠 편을 들어주기도 했다. 그리고 어느 피곤한 밤, 책상에 앉아있는데 아빠가 다가왔다. 아빠는 딸기 한 접시를 책상에 두며 말했다.

"딸기 먹고 해라~."

서른도 넘은 딸내미 먹으라고 두고 간 깨끗하게 씻은 딸기와 옆에 놓인 포크를 한참 바라보았다.

더 따질 필요는 없다. 사람은 바뀔 수 있다. 다만 나부터 변하면 됐을 일이다.

13

위로와
— 간섭의
모호한 경계

모든 서러움이 동시에 쏟아지는 것만 같은 날이 있다. 작은 스침에도 예민해지고 덩그러니 쓸모 없는 존재가 된 것 같은 날. 오늘 많이 힘든 하루였다고 칭얼거리면 좀 나으련만 곁에는 아무도 없다. 전화번호를 아무리 뒤져 봐도 한없는 외로움에 빠지는 그런 날이 있다.

혼자만의 시간이 필요해 꽤 먼 거리지만 택시에 올랐다. 이내 어깨가 들썩인다. 회사에서도 집에서도 내보일 수 없는 울음이 터져 나왔다. 기사님께 죄송하기도 하고 이것저것 묻지 않아 주신 게 감사했다. 한참을 울다 집으로 들어가는 골목 어귀에서 집에 오기 전 샀던 크림 빵 하나 드리고 싶어 그 중에서도 제일 먹고 싶었던 초코 맛은 빼려고 고르던 찰나 기사님이 말씀하셨다.

"이쁜 아가씨, 힘들어도 파이팅!"

가슴이 먹먹해왔다. 크림빵을 드리자 이런 거 받으려고 한 말이 아니라며 머쓱해 하는 기사님께 진짜 위로를 배운다. 혹시나 무안할까 한 시간 내내 아무 내색 없으셨던 배려. 내리기 직전에 한마디 '파이팅' 전하는 따스함. 위로와 간섭의 모호한 경계에 대해 고민하던 요즘 내가 받은 최고의 위로였다.

때론 세상에 가짜 위로가 더 많다고 느낀다. 슬픔을 위로하고 싶은 마음보단 사건의 전말이 궁금해서 던지는 질문. 어떤 해결책이 맞다고 훈수 두고 싶은 근질거림. 심각하게는 상대의 아픔을 통해 나 자신의 조금 나은 위치를 확인하려는 이기심. 냉소적으로 생각해 보면, 걱정돼서 한다는 말 중에 정말 걱정을 덜어주는 말은 없었다. 그 택시 기사님의 따뜻한 한마디가 나를 울린 건 진짜 위로가 느껴져서였다.

우리는 누구나 살면서 깊은 수렁에 빠진다. 그런 순간엔 '진짜 위로'가 뭔지 알게 되고, '진짜 내 편'을 거르게 된다. 어느 누군가는 내 아픔을 뒤에서 수군거리고 누군가는 조심스레 위로의 말을 건넨다. 또 누군가는 상처를 건드릴까 아는 내색조차 하지 못한다. 누구나 그런 사람들의 태도에서 상처받기도 또 위로받기도 할 것이다.

하지만 생각해 본다. 정말이지 누군가를 진심으로 걱정한 적이 있는지. 진짜 위로를 건넨 적이 있는지. 우리는 모두 자기 일이 우선이라 남의 일쯤 다독여 주고 돌아서면 잊어버릴지도 모른다. 진심을 담기보단 상황에 맞는 형식적인 말을 건넸을지도 모른다. 그럼에도 우리는 괴로운 날들 속엔 술 한 잔 따라줄 친구를 찾는다. 함께해 주는 것만으로도 위로가 되어 또 그렇게 무사히 새벽을 넘긴다.

누군가의 불안한 새벽녘에 생각나는 사람이 나라면 좋겠다. 마음속 책갈피 끼워놓듯 힘든 일이 있을 때에 펼쳐지는 사람이라면 좋겠다. 택시 기사님께 배웠던 담백하고 적당한 위로만큼 모두의 지친 마음 안아줄 수 있다면 좋겠다.

'소중한 사람, 힘들어도 파이팅!'

4장

자유를 선택할 용기

01

규칙적인 — 일탈

고등학교 때 좋아하는 작문 선생님이 계셨다. 항상 따뜻한 음성으로 다독거려 주시던 분. 굳이 설명하지 않아도 내 마음을 알아주는 스승이라 참 많이 의지했었다. 선생님은 내가 다양한 것에 호기심이 많다고 하셨다.

하지만 공부를 열심히 해야 하니 늘 선을 벗어나진 않는다고, 그렇게 하기까지 얼마나 힘들었냐고 하시며 위로도 해주셨다. 그 얘기를 들을 때면 눈물이 핑 돌곤 했다.

모범생이었던 난 실은 자유로운 영혼이었다. 혼자만의 상상에 빠지는 걸 좋아했고, 엉뚱한 짓을 하며 즐거움을 느꼈다. 재능은 없었지만 나만의 예술혼이 있다고 믿었다. 그래서인지 늘 가지 못한 세계에 대한 동경이 마음 한구석에 있었다.

하지만 선생님의 말씀처럼 난 멀어지다가도 다시 내가 정한 선으로 돌아오곤 했다. 아무도 그러길 강요한 것은 아니었다. 다만 겁이 났다. 공부 잘해서 좋은 직장에 들어가 좋은 남편 만나 사는 것만이 안전하다 생각했다. 한 걸음만 뛰면 다른 세상으로 갔을지도 모르는데.

그렇게 성인이 되었다. 갑자기 주어진 많은 시간과 선택의 자유에 버둥댔다. 분명 달라지고 싶었지만, 어떻게 달라져야 할지 몰랐다. 어떤 모습으로 바뀌고 싶은지도 잘 몰랐다.

그런데 답답함에 익숙해갈 때쯤 변화의 계기가 찾아왔다. 오래 준비한 보라카이 여행이 태풍으로 당일 아침 취소되었다. 어렵게 휴가를 냈는데 이대로 포기할 순 없었다. 모든 여행사에 "오늘 출발할 수 있는 곳 어디 있나요?"라며 전화를 돌렸다. 결국 그날 저녁, 예정에 없던 태국 행 비행기에 올랐다.

아무 정보가 없던 태국은 가장 재미있었던 여행지 중 한 곳이 되었다. 한국이라면 절대 시도 못할 레게 머리를 하고 돌아다녔다. 머리가 근질거렸지만 신이 났다. 비키니 차림으로 배를 탔고 풍덩 바다에 빠져 수영을 했다. 네팔에서 왔다는 남자들은 우리에게 '북한에서 왔냐' 물으며 치근덕거렸다. 생각대로 된 거라곤 하나도 없는 여행이었지만 즐거웠다. '계획대로 되지 않는 게 더 좋을 수 있구나' 생각했다.

한번은 밀라노 여행 중에 같이 간 친구가 배탈이 나 혼자 돌아다니게 되었다. 휴대폰은 꺼졌고 주소가 적힌 종이 한 장 들고 밀라노를 누볐다. 처음엔 길도 모르는 낯선 곳에서 다니는 것이 두려웠지만 그 두려움은 금세 사라졌다. 길을 잃고 들어선 골목 골목이 모두 특별했다. 여행지에선 길을 잃는 것이 곧 또 다른 여행의 시작임을 알았다.

버스 옆자리에 탄 외국인과도 반갑게 말을 섞었다. 낯을 엄청 가리는 내가 이상하게도 용감했다. 지친 다리를 끌며 숙소로 돌아오는 길엔 자신감이 느껴졌다. 길을 잃으면 잃는 대로, 변수를 만나면 만나는 대로 즐길 수 있겠구나 싶었다. 문제가 생겨도 혼자 해결해낼 수 있겠단 용기도 생겼다.

여행지에서 본 그 어떤 풍경보다 더 특별한 건 새로운 나였다. 평소의 나와는 분명 달랐다. 열등감도 우월감도 잊었다. 부지런하고 또 경쾌했다. 삶이 예정에 없던 방향으로 꺾어질 때가 되면 이제는 생각해 볼 수 있다.

"아, 여행지에서 낯선 골목에 들어서듯 보석 같은 경험과 뜻밖에 단단한 나를 만나겠구나!"

02

이 순간을 기억할 것

나이가 들수록 시간이 빨리 간다고 한다. 20대엔 시속 20km로 가던 시간이 60대엔 시속 60km로 간다는 뜻이다. 기억력이 감퇴해서 그렇기도 하지만 일상에 새로울 게 없어서이기도 하다. 매일 똑같이 지하철에 올라 출근을 하고 바쁜 하루를 보내다 퇴근을 하면, 오늘이 어제인지 어제가 그제인지 헷갈린다. 늘 재미가 없고, 재미없음을 우울함과 헷갈려 하기도 한다. 그래서 어떤 날은 특별한 이벤트를 꿈꾼다.

아기 돌봄 봉사활동을 갔을 때 생각이 난다. 하루는 반짝이 양말을 신고 갔는데 아기들이 내 발을 계속 주물러댔다. 반짝이 양말이 그렇게 신기했던 걸까? 아기들의 눈은 양말보다 더 반짝거렸다.

하루하루가 새롭다는 건 특별한 이벤트가 벌어지는 게 아니었다. 반짝이 양말에 까무라치는 아기들을 보면 알 수 있다. 우리도 한때는 아기였고 모든 일들을 신기해했을 것이다. 하지만 어느 날부터 감탄하던 많은 것에 무뎌져버렸다. 더 이상 새로울 게 없다고 느낀다.

그런데 '감탄'이라는 단어를 떠올리면 생각나는 사진 한 장이 있다. 드레스덴Dresden의 야경 앞에 혼이 빠진 듯 입을 벌리고 있는 사진이다. 소나기가 그친 후의 야경은 그야말로 황홀했다. 얼마나 입을 오래 벌리고 있었는지 친구가 그 순간을 찍어놓은 것이다.

이름조차 생소했던 드레스덴. 그곳의 풍경은 압도적이었다. 도시의 상당 부분이 2차 세계대전 때 파괴되었다가 재건된 도시. 을씨년스러운 밤하늘, 비장한 조각상. 누구라도 독실한 신자가 되고 누구라도 음악가가 될 것만 같은 풍경이었다.

드레스덴에 다녀오고 몇 년 후 재밌는 일이 있었다. 한 클래식 공연에 초대됐는데 어느 한 음악에서 왠지 드레스덴의 풍경이 떠올랐다. 찾아보니 그 음악이 시작된 곳이 드레스덴이라고 했다. 우연의 일치였겠지만 내 몸의 감각이 그곳을 기억함을 느꼈다.

그 후로 여행지에서 아름다운 장면을 볼 때면 습관적으로 하는 말이 생겼다. 강변에서 피아노 연주가 들릴 땐 '멜로디로 이 순간을 기억할 것.' 노천 테라스에 앉아선 '햇살로 이 순간을 기억할 것.'

잊고 싶지 않은 순간을 새기는 데 카메라는 부족했다. 다만 그 순간을 대변하는 나만의 찰나가 필요했다. 그렇게 새겨진 기억은 지워지지 않았다. 어느날 불쑥 생각나 '감탄'을 주었다

무료함에서 벗어나는 건 이렇게 순간순간을 새롭게 느낄 때 가능한 일이 아닐까. 쉽게 지루해 하는 사람일수록 일상의 보물을 찾아내는 방법이 필요하다. 집앞 하늘도 어느 날은 핑크빛이었다가 어느 날은 홍시를 풀어놓은 듯한 주황빛일 것이다. 우리를 둘러싼 모든 풍경은 이미 다채롭다. 그걸 발견할 수 있는 마음의 차이가 있을 뿐이다.

드레스덴에서 입 벌린 모습을 찍어주었던 친구와 얼마 전 차 한 잔을 했다. 향긋한 차 향기가 좋아 '이 순간은 향기로 기억할 것!'이라고 말했다. 친구는 웃으며 대답했다.

"아우, 우리는 기억할 게 너무 많아!"

03

같은 세상, — 다른 시야

어느 평일, 친한 언니와 양재천을 걸었다. 쾌청한 날씨에 바람도 선선했다. 언니는 연신 날씨에 감탄했다.

"풀냄새 참 좋다, 새 지저귀는 소리도 들리네. 저 물결 좀 봐."

나도 맞장구를 치며 "언니도 참 감수성이 풍부하네"라고 말했다. 난 이런 감수성이 초고화질 TV로 세상을 보는 것과 같다고 했다. 누군가의 TV는 흑백일 텐데 우리의 TV는 초고화질이라 너무나 섬세하게 보인다고. 하지만 초고화질 TV는 아름다워야 할 여배우의 모공이 선명히 보이듯 굳이 보지 않아도 될 것도 보이는 게 단점이다. 언니 역시 내 말에 고개를 끄덕였다.

우리는 자리를 옮겨 한 브런치 카페에 앉았다. 평일 낮에 이런 시간을 보내면 왠지 삶 전체가 여유로워진 듯한 착각을 느낀다. 대화 주제는 여행으로 옮겨갔다. 선배도 나도 여행을 좋아해 참 많은 곳을 다녔는데 같은 여행지라도 기억에 남는 것이 달랐다.

베를린 여행 이야기를 하다 난 한 가방 가게 아저씨를 떠올렸다. 가게를 이곳저곳 둘러보다 결국 첫 번째 집에서 가방을 사야겠단 생각에 다시 그 가게를 찾았는데 문이 닫혀 있었다. 우리는 실례를 무릅쓰고 문을 두드렸다. 큰 키에 금발 머리, 누가 봐도 미남인 신사분이 우리만을 위해 문을 열어주었다. 그리고 내가 고른 빨간 가방을 내 몸에 맞게 사이즈를 뚝딱뚝딱 수정하기 시작했다. 이내 완성된 가방을 건네며 아저씨가 말했다.

"Welcome to Berlin."

그 순간을 기념하고 싶어 가방을 들고 함께 사진을 찍었다. 친구는 아저씨에게 가방을 손으로 가리켜 달란 의미로 백! 백! 이라고 외쳤는데 의사소통이 뭐가 잘못된 건지 아저씨는 갑자기 나를 백허그 했다. 우리는 너무 당황한 나머지 그 상태로 사진을 찍고 나왔다. 나는 얼굴이 시뻘개졌고 친구는 배꼽 잡느라 정신을 못 차렸다. 그렇게 지금 내겐 빨간 가방과, 백허그 당한 사진이 남아 있다.

선배는 베를린 장벽에서 느꼈던 묵직한 감정에 대해 한참을 말했다. 힙한 거리와 벽화, 분단국가의 아픔, 동독에 대한 향수 등등. 어쩜 우리의 기억이 이렇게 다를까 생각했다.

인생도 여행과 크게 다르지 않다는 생각이 든다. 비슷한 듯 보여도 우리의 이야기는 너무나 다르다. 같은 세상이라도 다른 시야가 있기 때문이다. 특별히 기억에 남는 여행처럼 우리의 삶도 자기만의 이야기를 포착하는 과정인 것 같다. 때론 초고화질 TV로 보이는 세상에 마음이 시큰거리더라도 나는 내 TV가 좋다. 오랫동안 사소하고 특별한 일들을 포착하며 일상을 여행하고 싶다.

04

기분 좋은 상상이 현실을 만들고

'어느 날 천사가 너에게 와서 너의 소원 하나를 들어준다고 묻는다면 어떻게 말할래.'

여행스케치의 '기분 좋은 상상'이란 노래의 도입부. 듣기만 해도 기분이 좋아지는 멜로디와 가사다. 어느 날 천사가 소원을 묻는다면 난 뭐라고 답해야 할까. 언젠가 비슷한 질문을 들은 적이 있다.

몇 해 전 난생 처음 템플 스테이를 해보았다. 종교는 없어도 새로운 경험이 될 것 같아서였다. 잣나무 산에 자리 잡은 백련사라는 절은 참 멋졌다. 고요했지만 가라앉진 않는 느낌이었다.

얼떨결에 하게 된 108배는 땀이 줄줄 날 만큼 힘들었다. 그런데 중간쯤 지났을까, 민망하게도 눈물이 흘렀다. 지난 잘못들이 떠올랐다. 그 잘못으로 잃어버린 소중한 것들도 떠올랐다. 아마 누군가 내 모습을 봤다면 속세에서 큰 죄를 짓고 온 줄 알았을 것이다.

다음 시간은 스님과의 다도 시간이었다. 스님은 본인이 먼저 질문을 던질 테니 답을 해달라고 했다.

"내일 세상이 마음대로 바뀔 수 있다면, 어떻게 됐으면 좋겠나요?"

여러 가지 생각이 떠올랐다. 로또에 당첨되어야 하나, 세계 일주를 해야 하나! 대답의 시작은 옆에 앉은 아주머니였다.

"남편을 더 많이 사랑하기."

아주머니의 대답에 모두들 놀랐다. 아주머니의 남편은 지금 항암치료 중이시라고 했다. 많이 다투며 살아왔지만 남편이 곁에 없을 수도 있다고 생각하니 까마득하다고 하셨다. 그래서 하루라도 더 사랑하고 싶단 말씀에 우리는 모두 훌쩍였다.

곧 내 차례가 되었다. "따뜻하고 편안했던 일상으로 돌아가고 싶어요".

스님은 곧 돌아갈 수 있으리라 다독여 주셨고 모두 따뜻한 박수를 보내주었다. 마지막 여자아이의 차례. 뽀송한 피부의 20대 초반 친구였다. 그 친구 무리들을 바라보며 20대 초반으로 돌아갈 수만 있다면 소원이 없겠다는 생각이 들었다. 하지만 친구의 대답은 뜻밖이었다.

"저는 아무 생각 없는 나무가 되고 싶어요!"

스님은 나무가 왜 생각이 없냐고 하셨다. 그러자 그 친구는 "그럼 돌이 될래요"라고 말했다. 안쓰러웠다. 고통의 깊이가 느껴졌다. 얼마나 생각의 무게에 짓눌리면, 돌덩이가 되고 싶다고 했을까.

다음날 새벽 안개가 걷히기 전, 잣나무산에 올랐다. 산 중턱쯤 갔을 때, 스님은 옆 사람의 손을 잡고 눈을 감은 채 걸어보라 하셨다. 손을 잡았는데도 균형 잡기가 쉽지 않았다. 돌부리 하나도 크게 느껴졌다. 눈을 뜨자 스님은 말씀하셨다.

"지금 내 마음의 고통을, 앞을 보지 못하는 고통과 견주어보세요."

왠지 내 아픔이 얕게 느껴졌다. 다시 두 눈을 뜨고 걸으니 빛을 향해 가는 듯했다.

그날 한 마음으로 울었던 사람들은 어디에 있을까. 소원들은 다 이루었을까. 허무맹랑한 꿈을 말한 사람은 한 명도 없었다. 모두 그저 한걸음 나아가길 원했다. 돌이 되고 싶었던 친구도 생각이 조금만 가벼워지길 바랐다.

다시금 기분 좋은 상상을 위해 눈을 감아 본다. 신선한 공기가 가득한 잣나무 산을 걷고 있다. 평온한 마음으로 산 냄새를 맡는다.

05

이상한 — 잔상

나만의 은밀한 재산이 있다.

삶이 고단할 때 꺼내보면 괜히 미소가 지어지고, '그래 인생 뭐 별 거 있나, 잠깐 이렇게 좋으면 되는 거지!' 다시 힘내게 되는 그런 기억들. 평범한 순간들도 물론 그런 자산이 되지만 여행지에서 만난 풍경은 조금 더 특별하다.

여행을 하다 보면 비현실적으로 낭만적인 순간을 만난다. 하지만 그 순간은 가장 유명한 풍경 앞에서가 아니었다. 지금 말하는 낭만적 순간에는 '고요함'이 있었다. 바깥도 내 마음도 고요해질 때만 느낄 수 있는 '아름다움'은 이상한 잔상을 남긴다. 발리의 석양이 그랬고 삿포로의 눈 내리는 풍경이 그랬다. 해가 지고 눈

내리는 모습이야 어디서라도 볼 수 있는데 삿포로는 볼수록 이상했다. 익숙한 풍경이었는데도 황홀했다.

발리의 석양을 인피니티 풀 안에서 바라 볼 때, 나까지 물들여지는 듯한 느낌을 받았다. 하늘과 바다와 수영장의 경계가 모호했다. 수영장 안에는 나와 내 친구 둘뿐. 휴대폰을 방수팩에 넣어 수영장에 빠트리자 물 전체가 스피커가 되어 음악이 가득 퍼졌다. 그 고요함 속에 마음에 피어나는 무언가를 느꼈다.

그리고 그 감정은 눈이 펑펑 내린 삿포로에서 다시 만날 수 있었다. 뜨거운 온천 물에 몸을 녹이고 가이세키 요리를 먹으러 내려왔을 때 바라본 창밖 설경. 얼어붙을 듯 추운 날씨가 왠지 따스하게 느껴졌다. 생맥주를 마셔서 얼굴이 달아오르는 것과는 분명 다른 온기였다.

그런데 이상하게도 가장 낭만적이었던 순간엔 가장 슬펐던 기억이 떠올랐다. 몸과 마음이 따스해지며 어딘가 눌러 두었던 아픔이 떠오르는 듯했다. 언제쯤 괜찮아질까 손가락을 접어가며 세던 시간들. 시간을 흘러 보내지 못하고 아픔을 잊기 위한 탑을 쌓듯 보내던 날들. '왜 하필 나에게 이런 일이 생겼을까'라며 자기 연민에 빠져 있던 시절.

그런 날들 속에 들었던 '좋은 날이 올 거야'라는 뻔한 위로의 가사가 떠올랐다. '좋은 날이 오긴 오는구나'라며 마음이 숙연해졌다. 어쩌면 아픈 날들을 버텼기에 그 풍경이 더욱 아름답게 느껴졌을지 모른다.

우리는 행복한 나날만을 바라지만 그 순간을 더욱 특별하게 하는 건 지난날의 슬픔 한 방울이 아닐까. 아름다운 기억과 슬픈 기억은 종이의 양면처럼 맞닿아 있다.

언젠가 누군가 내게 그런 말을 했다. 행복이 가득한 사람은 슬픔만이 가득한 사람에게 행복을 주고, 슬픔이 가득한 사람은 행복만이 가득한 사람이 인생의 첫 시련을 맞이했을 때 이겨낼 수 있는 법을 알려준다고. 내 안의 행복도 슬픈 순간을 이겨낼 수 있는 힘을 주고, 슬펐던 기억은 아름다움을 더 아름답게 바라보는 법을 일깨워준다.

매일이 발리의 노을 지는 풍경처럼 특별할 수는 없겠지만 그 노을 역시 매일 볼 수 있다면 더 이상 특별하지는 않을 것이다. 우리에게 필요한 건 그 특별한 아름다움을 놓치지 않은 채 차곡차곡 저장해두는 것, 매일의 사소한 풍경 속에서도 특별함을 발견하는 것. 그렇게 나만의 무기들을 모아 시련의 순간들을 지혜롭게 버텨낼 때 다시금 더한 아름다움이 내 앞에 찾아올 것이다.

06

한 걸음
— 앞으로

"5, 4, 3, 2, 1."

큰 외침과 함께 절벽에서 뛰어내렸다. '이쯤이면 도착할 때가 됐는데?' 체공시간이 꽤 길었다. 철퍼덕 물에 맞닿는 순간, 충격이 꽤 컸다. 물속에서 다시 떠오를 때 쾌감을 느꼈다. '평소의 나'라면 해낼 수 없는 도전을 해냈다는!

여기서 '평소의 나'는 내성적이고 액티비티를 싫어하는 사람이었다. 불편한 게 싫어 한참 캠핑 붐이 불었을 때도 갈 생각조차 하지 않았다. 주말이면 캠핑을 떠나는 사람들이 이해가 되지 않았다. 회사 다니기도 힘든데, 어떻게 떠나는 것일까? 나에게 휴식이란 집에서 침대와 한몸이 되는 것이었다.

그렇게 새로운 것을 기피하는 태도는 삶의 전반에 영향을 주었다. 도전하기 보다는 현실에 만족했다. '만족'에 긍정적인 어감이 있다면 '안주'에는 부정적인 어감이 있지만 그 둘 사이는 크게 멀지 않았다. 만족해서 안주했다기 보다는, 안주하고 싶어 만족하려 했다.

그런데 인생의 큰 변곡점이 찾아왔다. 어느 날, 몸과 마음을 식히기 위해 세부로 떠났다. '가와산 캐녀닝'이란 투어 프로그램에 참여했다. 얼마큼 힘든 건지 모르고 에메랄드빛 계곡 사진에 반해 예약을 했었다. 새벽 4시에 숙소에서 픽업을 해 밤에 끝난다니 힘든 투어 같긴 했지만 이 정도일 줄은 몰랐다.

체감온도 40도쯤 되는 태양 볕에 전신 슈트를 입고 헬멧을 썼다. 그리고 영어 동의서에 서명을 했다. 죽어도 책임 묻지 않겠다는 동의서였다. 설마 죽겠나 싶어 싸인을 하고 투어는 시작되었다.

햇빛이 너무 뜨거워 우산을 쓰고 걸었다. '걸어서 세계 속으로'에나 나올법한 절경이 펼쳐졌다. 영화 '아바타'의 한 장면 같기도 했다. 그렇게 한참을 걷다 보니 에메랄드빛 계곡이 나타났다.

이제는 계곡을 거슬러 수영을 했다. 수영을 하다 낮은 절벽이 나오면 뛰어내렸다. 타잔처럼 줄을 타고 계곡을 넘기도 했다. 그리고 다시 밀림 속을 걸었다. 바위가 미끌거려 네 발로 기다시피

했다. 무지 힘들었지만 마음은 벅찼다.

5m, 7m 절벽도 뛰어내리고, 14m 절벽 앞에 섰다. 줄도 없이 구명 조끼 하나 입고 뛰어내려야 했다. 과감하게 뛰지 않으면 다칠 것 같아 마음을 다잡았다. 청량한 이온 음료같은 물빛이 나를 불렀다. 현지인 가이드가 어눌한 한국말로 "한 걸음 앞으로!"라고 외쳤다. 절벽은 14m였지만 사실 한 걸음만 내딛으면 되었다. 다리는 덜덜 떨렸지만 속으로 '한 걸음만 앞으로'라고 되뇌었다. 이걸 성공하면 뭔가 다른 사람이 될 것 같았다.

"5, 4, 3, 2, 1."

첨벙 뛰어내렸다. 우리는 절벽 밑에서 폭포 물을 맞으며 축배의 소리를 질렀다.

그렇게 캄캄한 밤이 돼서야 숙소로 돌아왔다. 허벅지는 온통 피멍이 들었지만 기뻤다. 14m 절벽에서도 뛰어내리는데 못할 게 뭐가 있나 싶었다. 한국에 돌아가면 그동안 망설였던 모든 일에 도전해 봐야겠다고 생각했다. 프리다이빙, 서핑, 미술 모임 등등등.

새로운 출발이었다. 변화가 낯설지만 싫지 않았다. 열심히 잘 살아내고 있구나 싶었다. 엄마는 "재가 뭔가가 너무 잊고 싶어서 저렇게 몸을 혹사시키나 보다"라며 걱정했지만 그 말이 영 틀린 것도 아니었다. 좋은 변화이자 아픔을 이기는 나만의 방식이었다.

나중에 안 이야기인데 투어에 같이 참여했던 한국인 남자 동생들은 저 여자는 뭐 하는 사람이길래 수영도 잘하고 저렇게 잘 뛰어내리나 했다고 한다. 본인들도 무서워서 포기하고 싶었는데 여자가 뛰니 안 뛸 수도 없었다며. 사실 나도 개다리처럼 후들거리는 그들의 다리를 못 본 것은 아니었다.

우리는 무언가를 시작하기 전부터 겁을 낸다. '이럼 어쩌지? 저럼 어쩌지?' 나아가지 못한다. 하지만 그저 다이빙을 하듯 한 걸음만 앞으로 내던지면 되는 거였다.

요즘은 새로이 만나는 사람들에게 "도전을 즐기는 사람 같아요"라는 말을 듣곤 한다. 너무 극단적인 변화가 아직은 내가 서툴다는 것을 의미하는지도 모르겠다. 어쩌면 엄마의 말대로 그것이 무언가를 잊기 위한 허둥댐이었을지도 모른다. 하지만 조금씩 성장하다 보면 어느새 꽤 단단한 사람이 되어 있지 않을까.

07

도달이 — 아닌 도전

지난해 여름, 프리다이빙 투어를 떠났다. 목적지는 돌고래떼로 유명한 일본의 작은 섬이었다. 도쿄에서도 배를 타고 7시간을 더 들어가야 하는 곳이었다. 새벽녘 배에서 내리자 적막함이 느껴졌다. 숙소에는 짙은 립스틱에 긴 생머리를 질끈 동여맨 여자 사장님이 우리를 기다리고 있었다. 다음날 아침 앞바다 투어를 하기로 했다. 화성에 온 듯 처음 보는 광경이었다. 새까만 모래가 끝없이 펼쳐졌고 물은 투명했다. 물 속에선 거북이가 튀어나왔다. 거북이를 따라잡으려 했지만 너무 빨라 역부족이었다.

밤이면 바비큐 파티가 이어졌다. 사장님의 거침없는 19금 스토리에 우리는 박장대소를 했다. 맥주를 벌컥벌컥 마셔도 취하

질 않았다. 옥상 바닥에 누워 하늘을 바라보았다. 많은 별이 쏟아졌다. 우주 한가운데 떠 있는 듯한 기분이었다. 낮에는 인적 없는 거리를 하염없이 걸었다. 때로는 가시에 찔려가며 수풀을 헤쳐갔다.

서울에선 볼 수 없는 드넓은 들판을 바라보며 생각했다. 왠지 저 지평선이 '자유'와 닮았다고. 시야를 방해하는 그 무엇도 없는 해방감. 조금 더 자유롭고 싶은, 하지만 자유를 갈망하는 줄도 모른 채 살아가는 우리는 지평선을 바라보지도 못한 채 땅만 보며 묵묵히 걷고 있는 게 아닐까.

고개를 들어 저 멀리 한번 보라고 말하고 싶다. 무엇이든 '끝'을 '목적지'로 여기는 습관을 내려놓고. 영원히 걸어도 닿을 수 없는 저 끝이 아닌 끝. '지평선'을 보라고 말이다. 도달하기 위해서가 아닌 도전하기 위해, 홀로 탈출하기 위해서가 아닌 함께하기 위해. 우리 같이 걸을까.

08

오감을
— 만족하는
삶

2019년 새해 목표는 새로운 취미 갖기였다. 두루뭉술한 새해 목표의 장점은 성취 여부를 주관에 따라 판단할 수 있다는 거였다. 2019년이 지났을 때 서핑도 배우고 프리다이빙도 배웠으니 목표를 충실히 이행한 셈이었다.

2020년도 또 두루뭉술하게 '인문학적 소양 넓히기'로 목표를 정했다. 소양이 1cm만 자라도 되니 못 이룰 수 없는 목표였다. 그리고 SNS를 둘러보다 '영화 모임'에 눈길이 갔다. 영화를 엄청 좋아하는 편도 아니고, 내성적이라 '모임' 자체에도 거부감이 들었지만 새해 목표에 걸 맞는단 생각에 도전해 보기로 했다.

첫 영화 모임, 세상에서 제일 싫은 자기소개 시간. 그런데 모임장은 나이와 직업은 말하지 말고 몇 가지 질문에만 답해달라고 했다. '가장 좋아하는 맛집', '다시 가고 싶은 여행지'.

질문은 편안했다. 나이와 직업을 말하지 않으니 서로 편견도 없었다. 그날 본 영화는 '미드 나잇 인 파리Midnight In Paris'였는데 같은 영화에 대한 사람들의 의견이 다른 것이 놀라웠다. 우리는 전문적인 영화 평론을 하기 위해 모인 것이 아니었다.

만약 나에게도 영화에서처럼 시간 여행 마차가 온다면? 약혼자가 있는데 운명적인 사랑에 빠진다면? 가벼운 수다를 이어갔다. 짧은 시간이었지만 나의 세상이 넓어지는 기분이 들었다. 전문지식보다도 더 깊은 인문학적 소양이 쌓이는 기분이었다.

영화 모임에서 도슨트로 일하시는 분을 만나게 되었는데 그 분이 날 미술 모임에 초대했다. 미술엔 영화보다 더 상식이 없었지만 무작정 참여했다. 미술 모임의 주제는 '이별'이었다. 이별이라고 하면 떠오르는 그림을 가져와 소개하면 도슨트 분이 그 그림에 대한 배경을 설명해 주었다. 난 해럴드 하비Harold Harvey의 '콘월의 아이들'이란 작품을 골랐다. 푸르른 잔디밭에 남자아이가 여자아이에게 민들레 씨앗을 건네고 있었다.

내게 이별은 그랬다. 사소했던 일상이 싱그럽게 기억되는 것. 어여쁜지도 몰랐던 날들이 사무치게 그리운 것. 이별의 복선인 줄도 모른 채 민들레 씨앗을 건넸던 것.

어느 한 분은 똑같은 시계가 두 개 놓여진 설치미술작품을 가져왔다. 이 작품은 펠릭스 곤잘레스 토레스Felix Gonzalez Torres의 '완벽한 연인들perfect lovers'이라는 작품이었다. 시계는 같은 기종, 같은 건전지를 동시에 넣었지만 시간이 흐를수록 분초가 조금씩 어긋났다고 한다. '우리의 사랑은 똑같이 시작했지만, 우리의 시간은 이제 다르게 흐르네요'라는 의미라고 했다. 평소 같으면 '저게 뭐야?' 했을 작품의 의미를 알고 나니 놀라웠다.

모임은 내게 느낄 수 없던 것들을 느끼게 해주었다. 아직도 예술에는 문외한이지만 작품을 가슴으로 느끼게 된 것이다.

다음 미술 모임 시간, 새로운 자기소개가 시작되었다. 원하는 삶의 방향을 말해야 했다. 사랑만이 중요하다 말하는 사람도 있었고, 커리어의 성공이 중요하다 말하는 사람도 있었다. 하지만 난 무언가를 꼬집고 싶지 않았다. 보다 다채롭게 살고 싶었다. '콘월의 아이들'과 '완벽한 연인들'처럼 아직 내가 모르는 아름다움을 알고 싶었다. 이 세상에 100년짜리 여행을 온 듯 만끽하고 싶었다. 그런데 모임장의 앞선 대답이 내가 꿈꾸는 삶을 완벽히 대변했다.

"저는 오감을 만족하는 삶을 살고 싶어요."

09

머무름의
— 순간

여행지의 호텔 1층에서 서점을 발견했다. 책만 파는 곳이 아니라 콘텐츠가 있는 휴식 공간이었다. 본능적인 이끌림에 매장으로 들어섰다. 어느 큐레이터가 정리했는지 몰라도 그 서점은 정말 근사했다.

첫 섹션은 '미술'이었다. 미술 모임 좀 가봤다고 미술 책을 골라들었다. 호텔 방에 돌아와 침대에 누워 책을 펼쳤다. 책 속에는 멋진 그림들이 가득했는데, 그중 라울 뒤피Raoul Dufy의 그림에서 한참을 머물렀다. 하늘과 바다의 경계가 모호한 〈니스, 천사들의 해변La promenade des Anglais〉.

실제 니스 해변이 얼마나 아름다울지는 모르겠지만, 이 그림만큼 아름다울까 생각했다. 사람이 선호하는 미술이란 게 그 사람의 결핍을 드러내는 것이라는데, 내게 청량감이 부족했던 걸까. 청량한 바다빛에 숨이 탁 트였다.

궁금해졌다. 누구에게 이 그림을 보여주면 나와 같은 탄성을 내지를까. 그림에 대해 한참 동안 이야기 나눌 수 있다면 기쁠 것 같았다. 똑같은 감상평이 아니어도 좋았다. 자신의 인생 해변은 어디인지 정도만 얘기해도 충분했다.

언젠가 한 여행지에서 했던 생각이 떠올랐다. '어떤 아름다움 앞에서 얼만큼 머무는지'가 좋은 여행 메이트를 결정한다는 생각. 나 역시 누군가에게는 최고의, 혹은 최악의 여행 메이트였을 것이다. 오래가는 관계란 같은 걸 좋다고 느낄 때 가능하단 생각이 든다. 완전히 똑같은 사람이야 없겠지만 함께 무언가에 몰입할 수 있다는 게 얼마나 큰 축복인지. '대화가 잘 통하는 사람'이란 이런 의미를 담고 있는 것 같다. 몇 박의 여행도 이런데 수십 년을 함께하는 관계는 오죽할까.

오늘도 나는 관계와 행복에 대해 배운다.

화려한 궁전에 살지라도 오늘의 즐거움을 나눌 친구 한 명 없다면 행복할 수 없을 것이다. 호수의 물결을 보며 감상에 젖는 나를 100% 이해하지는 못해도, 내버려 둘 줄도 모르는 사람과 함께 한다면 분명 불행할 것이다.

오래오래 날 닮은 사람과 함께하기를 바라본다. 같은 장면 앞에 함께 머무르기를 기대하며.

10

어른이 — 된다는 것

1년 만에 대학 선배를 만났다. 벌써 10년째 인연이었다. 우리가 통화를 하는 건 보통 내가 고민이 있을 때였다. 필요할 때만 찾느냐고 면박을 줄 법도 한데, 선배는 항상 내 얘길 잘 들어주었다.

양대창을 먹으며 우리는 그간의 안부를 나눴다. 스타트업을 운영하는 선배는 요즘 제대로 잔 날도 손에 꼽는다고 말했다. 난 그렇게 바쁘면 애인과의 관계는 어떠냐 물었다.

바쁜 선배 곁에 있는 애인은 아무리 사랑을 주어도 늘 불안해하는 성격이었다고 한다. 하지만 몇 년간 사랑을 쏟고 노력한 결과, 이제는 자존감이 좀 올라간 것 같다고 선배는 말했다. 하지만 항상 여자친구에게 우리가 헤어져도 괜찮을 수 있어야 하는 거라고, 그렇다고 헤어지잔 뜻이 아니라는 걸 알아야 한단 말도 한다고 했다. 그 말이 무슨 뜻인지 통감이 돼서 격한 반응을 했다.

선배는 내 공감에 놀라워했다. 자기 눈엔 10년 전이나 똑같은데 많이 성숙했다며 말이다. 그때는 내 고통이 버거워 보여 본인의 얘기는 할 엄두도 나지 않았다면서. 이제는 꼬마가 성숙해, 선배의 복잡한 심경을 이해한다며 신기해 했다.

집으로 돌아가는 길, 선배는 오늘처럼 마음이 정화되는 날은 드물었다고도 했다. 소녀 감성을 가진 사람과 대화하니 시간 여행을 한 것 같다며 말이다. 하지만 그 감성을 간직하는 것과 어른이 되는 건 다른 문제라고, 이제는 어른이 된 것 같다고 덧붙였다.

선배의 말이 좋았다. '어른이 된다는 게 어떤 걸까' 생각했다. 자존감이 쌓여 이제는 남에게도 나눠줄 수도 있겠단 말이 계속 머리를 맴돌았다. 그 어떤 '어른'의 정의보다 가장 근사하다고 느꼈다.

돌이켜 보면 선배의 가르침은 항상 그랬다. 앞서 있으면서도 뛰어오길 강요하지 않았다. 다만 스스로 깨달을 수 있게 도움을 주었다. 거부감이 드는 훈수를 둔 적은 한 번도 없었다. 오늘처럼 언제나 나를 더 성장하고 싶게 만들었다.

선배의 정의대로 '진짜 어른'이 되고 싶다. 받은 사랑을 나눠줄 수 있는 사람이 되고 싶다. 아직 멀었지만 '진짜 어른'이 되기 위해 오늘도 자존감을 한 움큼 채운다.

—
11

내 곁에
— 남아줬으면
하는 것들

얼마 전 20대 초반에 쓴 일기를 훑어보았다. 자주 나오는 얘기는 세 가지쯤 되었다. '사랑, 친구, 그리고 엄마' 자주 내뱉는 이야기에서 그 사람의 머릿속을 알 수 있다는데, 아마도 내 마음을 채우는 것이 그 세 가지 주제였나 보다. 특히나 엄마라는 말은 최다 빈출 단어였다. 엄마랑 밥을 먹었는데, 엄마랑 얘기했는데, 엄마랑 쇼핑을 했는데, 내 일기 속엔 엄마가 참 가득했다.

생각해 보면 일기가 아니라 일상 속 대화에서도 난 참 엄마 얘기를 많이 하는 사람이다. 회사 선배랑 이야기를 하다가도, 친구와 대화를 하다가도, 심지어 소개팅 자리에서도 엄마 얘기를 꺼내곤 했다. 특별한 이야기는 아니었다. '점심은 뭐 먹었어요?' 이런 질문에 '아 엄마가 비빔밥 해줘서 같이 먹었어요.' 요즘 글을 쓰고 있단 말을 하다 '그런데 우리 엄마는 내가 글 쓴다고 하면 비웃어요'. 그렇게 수도 없이 엄마를 말하고 있었다.

어린 시절 엄마의 모습을 생각하면 떠오르는 그림이 있다. 피아노 학원을 갔다가 집에 돌아오는 길, 엄마는 항상 부엌 창문에서 나를 기다리곤 했다. 멀찌감치 내 모습이 보이기 시작하면 그 때부터 손을 흔들었다. 마치 오랜 시간 못 보기라도 한듯 매일 새롭게 반가워하며 손을 흔들었다. 엄마는 언제나 그렇게 나를 기다리는 사람이었다.

난 참 퉁명스럽고 못된 딸이라 언제나 나를 기다리는 사람에게 빠른 대답을 주지 않았다. 늘 내가 걱정이고 사소한 일상이 궁금하실 텐데 때론 그 궁금함이 버거웠다. 특히나 내 연애 얘기는 하고 싶지 않았다.

엄마가 자꾸만 궁금해 하면 그런대로 괜찮다고 생각했던 일도 불만이 되는 것 같아서였다. "그 남자가 데려다줬니?" "그 남자가 연락을 자주 하니?" "이번 주말엔 왜 보자고 안 하니?" 이런 질문들이 마음을 쿡쿡 쑤시곤 했다. 안 그래도 나도 연락을 기다리고 있는데 연락을 자주 하냐고 물으면 짜증이 치밀었다. 그래서 한번은 "엄마가 자꾸 궁금해 하면 될 일도 안되니까 그만 물어

봐!"라고 쏘아붙이고 말았다.

엄마는 그 후로 내게 어떤 것도 묻지 않았다. 어디 가냐고 물으면 "밖에." 누구 만나냐 물으면 "아는 사람"이라고 무성의 하게 대답하는 딸에게 더 묻고 싶지도 않았을 것이다. 내가 그런 성의 없는 대답을 할 때면 어이없는 듯 웃으셨다. 덕분에 난 질문에서 해방될 수 있었고 부담감을 덜었지만 한번은 엄마가 말씀하셨다. 내가 자꾸 궁금해 하면 될 일도 안 된다는 말이 너무나 상처가 돼서 더 묻지 않기로 했다고.

어느 날은 엄마가 친구와 주고받은 문자를 우연히 본 적이 있다. 프라이버시 존중상 눈감고 지나가려 했는데 왠지 내 얘기인 것 같아 궁금해 보고 말았다.

문자를 보기 얼마 전 무슨 바람이 불었는지 나는 매일 툴툴거리기만 하던 엄마에게 이런 말을 했다.

"우리 다음 세상에서는 내가 엄마로, 엄마가 내 딸로 다시 만나자."

엄마는 내가 그 말을 하고 차에서 내린 뒤 혼자 우셨다는 문자를 친구에게 보내셨다. 너무 냉랭하기만 하던 딸이라 감동이 두 배였던 걸까!

엄마는 태어났을 때부터 엄마였을 것 같지만 한때는 눈물 많고 꿈 많은 소녀였을 것이다. 인생이 바빠 우울할 새도 없다고 당신은 말했다. 조금씩 아픈 곳이 생기고 약한 마음이 들어도 엄마는 항상 대장부처럼 그 자리에 있다. 나를 지켜주기 위해서라는 걸 난 안다. 엄마에게는 많이 이기적이긴 하지만 이번 생엔 날 계속 그렇게 지켜주었으면 좋겠다. 감사한 마음은 다음 생에 꼭 되돌려드릴 수 있으면 좋겠다.

오늘도 난 엄마와 저녁을 함께 하고 팔짱을 끼고 도란도란 집에 걸어왔다. 사근거리는 말이야 몇 년에 한 번쯤 겨우 할 수 있는 거라서 오늘도 별 이야기는 하지 않았다. 오늘 있었던 일을 종알거리는 것조차 귀찮아서 하지 않았다.

하지만 내게 엄마가 없는 자리는 상상할 수가 없다. 그런 기분을 세상의 모든 딸들은 알까. 엄마가 없어진다면 나는 "엄마, 엄마가 어디 갔지?"라며 또 엄마를 찾을 것이다. 양말 한짝 없어도 엄마를 찾고, 목이 조금만 칼칼해도 엄마를 찾듯 엄마를 찾을 것이다.

세상 모든 걸 다 잃는다 해도 내 곁에 남아줬으면 하는 것들. 항상 그 자리에서 날 기다리는 엄마의 모습만큼은 평생 머물러 주었으면 좋겠다.

내가 어떤 잘못을 저질러도 내 편일 사람, 기꺼이 본인보다 내가 먼저일 사람, 그런 사람 한 명이 세상에 있다는 믿음이 오늘도 휘청거리는 나를 바로 세운다.

누군가 내게 그런 말을 했다. 어떤 사람에게 어떤 사랑을 받고 살았느냐가 그 사람을 결정한다고.

'나는 어떤 사람일까. 어떻게 해야 행복해질까. 어떤 삶이 우리 엄마가 바라는 나의 삶의 모양일까.'

생각해 보면 엄마는 단 한순간도 더 잘나고 더 남들에게 자랑할 만한 딸을 바란 적이 없었다. 그저 내 삶이 조금 더 편안하길. 어느 낯선 이의 곁에 가더라도 엄마의 품처럼 따스하고 푸근하길 바랬다. 그저 '바랬다'라고 표현하기엔 본인의 모든 걸 다 받쳐서라도 이루고 싶은 애끓는 소망이었다.

'내 삶이 나답게 흘러가는 것, 내가 나를 만족하며 살아가는 것, 그 누구의 구애도 받지 않은 채 행복하다 확신하는 것.'

그렇게 살아가는 게 엄마를 위한 가장 확실하고도 유일한 보답임을 이제는 알겠다.

어릴 때는 길을 알 필요가 없이 그저 엄마의 손을 잡고 걸으면 되었다. 이제는 누구에게도 의지하지 않고 혼자서 길을 찾아야 하는 어른이 되었지만 엄마는 또다시 내 삶의 기준이 되어준다. 푸근하고 따뜻하고 나답게 살라고.

살다 보면 쌩쌩 달리는 기차 안에서 바라보는 창밖의 풍경처럼 수없이 많은 관계와 상황이 우리 삶을 스친다. 때로는 그 스침이 안타까워 전부 다 붙잡아두고 싶을 때도 있지만 조금씩 기준을 세워 본다. 흘려 보내야 할 군더더기는 무엇인지, 내 곁에 꼭 남겨두어야 하는 것들은 무엇인지 말이다. 언젠가 길을 잃어 도저히 빠져나올 수 없을 것만 같은 어둠 속에 갇히더라도 결국 지켜내야 할 그 소중함이 끝내 우리에게 길을 알려줄 것이다.

12

기억이라는 — 감정

비 보슬보슬 내리는 그리 덥지도, 파도가 크지도 않은 바다에서 넘실넘실 헤엄을 쳤다. 시야에 들어오는 것은 저 멀리 수평선, 바닷물 위에 누우면 하늘과 새 몇 마리. 뒤돌아보니 수학여행 온 듯한 일본 학생들과 현지인들이 축구시합 중. 니뽄 대 인도네시아를 외치는 즐거운 함성 외에는 그 어떤 소리도 없다.

보글보글 내 숨소리, 발바닥 너머 수평선. 잔잔한 파도에 두둥두둥 떠다니며 어릴 적 가기 싫다고 울고 졸라도 꼭 나를 수영강습에 보냈던 엄마가 고마워지도록 바다 수영이 좋았다.

제대로 물놀이를 해야겠단 생각에 숙소에 휴대폰을 두고 나

갔던 어느 동남아의 해변가. 수평선을 사진에 담고 싶었는데 카메라가 없었다. 하는 수 없이 바다 위에 둥둥 떠다니며 수평선을 하염없이 바라보았다. 들리는 소리, 보이는 풍경에 집중하며 '이 순간을 오래 기억 해야지' 되뇌었다. 두세 시간쯤 흘렀을까. 어깨 뒤쪽이 따갑게 익어가는 걸 느낄 때쯤 우리는 숙소로 돌아왔다.

아름다운 풍경을 사진으로 남기지 못한 것이 못내 아쉬워 바로 펜을 들었다. 느낀대로 써 내려간 문장. 수천 장의 사진보다 몇 마디 문장으로 겨우 기록한 그 순간이 훨씬 더 생생하다. 아마도 그 글 속엔 내 감정이 담겨 있기 때문일 것이다.

아직 감정을 담아내기엔 내 사진 실력이 부족하다. 단지 시각적 풍경만을 담아내던 사진들과 달리 짧은 몇 문장은 해변에 누워 있던 내 마음을 저장하고 있었다. 빗방울이 시원하고 탁트인 시야에 해방감을 느끼며, 아이들의 함성 소리가 좋았던 그 감정. 급히 써내려간 글에 담긴 그 감정이 몇 년을 지나서도 금세 다시 내게 온다.

우리의 기억이란 건 결국은 이 글과 마찬가지일 것 같다. 그 상황의 온도, 소리, 향기. 모든 것은 그걸 받아들인 우리의 기억으로 남는다. 캄캄했던 밤하늘이 단지 어두웠을 뿐인지, 낭만적이었는지는 누가 결정하는 걸까. 그날 밤 갑자기 쏟아지던 소나기가 시원했는지, 질척였는지는 또 어디서 결정되는 걸까.

언젠가 결혼한 선배에게 옛 연인이 생각나는 날이 없느냐 물었다. '당연히 있지'라며 선배는 어떤 음악을 들을 때 그날의 '온도, 바람, 향기'가 기억이 난다고 말했다. 너무 오그라드는 표현에 우리는 웃었지만 격한 공감을 했다. 선배의 과거 속에 '온도, 바람, 향기'는 옛사랑으로 기억되고 있었다. 그날의 바람은 애틋함으로, 그날의 향기는 아련함으로 선배를 간직했다.

나에게도 특별했던 '바람'은 물론 있다. 심야영화를 보고 집에 돌아오던 어느 새벽녘, 조수석에 앉아 달리는 차안에서 선루프로 손을 내밀었다. 손에 부딪히던 바람이 상쾌했고 달빛이 예뻤다. 더할 나위 없이 행복하다고 느꼈다. 그날의 바람은 '행복'이란 기억으로 전환되어 내 삶에 남아있다.

사람들은 내게 상황에 대한 기억력이 정말 좋다고 말한다. 이제는 그 이유를 알겠다. 남들보다 더 섬세히 많은 감정을 느끼기 때문이었다.

그렇다면 이제 중요한 게 무엇인지는 당연하다. '오늘의 이 밤을 어떤 기억으로 남길지.'

지금 이 시간이 어떻게 기억될지는 우리가 이 순간을 어떻게 느끼고 있나에 따라 결정된다. 그러니까 '기억'이라는 건 '선택'할 수 있다는 것이다. 내 인생의 기억들을 선택할 수 있다면 당연히 보다 행복한 기억으로 남기고 싶다.

오늘 낮엔 정수리가 타들어갈 듯 뜨거웠고, 해가 기울자 강한 소나기가 내렸다. 오늘의 이 햇볕을, 이 소나기를 어떻게 기억할까.

쓸쓸함으로 혹은 벅참으로. 무료함으로 혹은 들뜸으로. 오로지 우리의 선택에 달렸다.

에필
—— 로그

저는 정해진 틀 안에서 남들보다 그리 뒤떨어지지 않는 삶을 살아왔지만, 늘 불안했습니다. 마음 어딘가 구멍이 나 있는 듯 쉽게 공허해지는 건 10대 때나 30대가 된 지금이나 여전합니다. 오늘도 서울의 나는 잊고 어디론가 떠나버리고 싶단 엉뚱한 꿈을 꾸고, 행복했던 추억에 잠겨 눈시울이 붉어지며 하루를 보냅니다.

어릴 적의 저는 올라가는 것만이 행복이라 믿었습니다. 남들이 보기에 부러운 삶을 살고 싶었고 스스로가 정해 놓은 테두리 안에 갇혀 목적 없는 달리기를 했습니다.

강박적으로 살았고 그 덕에 서울대에 입학했지만 남은 건 허망함뿐이었습니다. 사탄에 이끌리는 듯한 우울감이 저를 휘저어

놓았고, 내 감정 하나 똑바로 조절하지 못하며 공부도, 일도, 연애도 망가졌습니다.

하지만 바닥을 치고 나니 올라갈 일 밖에 없었습니다. 따스한 빛을 향해 올라가고 싶었고, 자유를 향해 나아가고 싶었습니다.

'올라가야 한다는 강박으로부터의 자유. 남들의 시선으로부터의 자유. 기대로부터의 자유. 관계에 대한 집착으로부터의 자유.'

여전히 완벽하진 않지만 저는 조금씩 자유를 향해 고군분투 중입니다. 그리고 어디선가 깊은 우물에 빠져 헤매고 있을 저와 같은 사람들에게 이야기하고 싶었습니다. 처절하고 초라하지만, 사실은 너무나 평범한 아픔들을 이겨내고 우리 조금씩 자유로워지자고 말입니다.

이제는 시선에서 벗어나 자유롭고픈 사람들에게 자유를 택할 용기를 주는 것. 그게 제가 이 책을 준비한 이유이자 목표입니다.

시선이 기준이 되지 않도록

초판 1쇄 인쇄일 2023년 8월 21일
초판 1쇄 발행일 2023년 9월 05일

지은이 유현
발행인 양혜령
주간 이미숙
책임편집 김진아
책임디자인 최치영
책임마케팅 조명구
경영지원 이지연

발행처 홍익피앤씨
출판등록번호 제 2023-000044 호
출판등록 2023년 2월 23일
영업본부 경기도 고양시 백석동 1324 동문굿모닝타워 2차 927호
대표전화 02-323-0421
팩스 02-337-0569
메일 editor@hongikbooks.com

홍익P&C는 HONGIK Publication & Communication의 약자입니다.

ISBN 979-11-984262-0-8 (03810)